RÛMÎ

La religion de l'amour

DANS LA MÊME SÉRIE
(derniers titres parus)

Saint Paul
Le génie du christianisme
Patrick Kéchichian

Etty Hillesum
La paix dans l'enfer
Textes choisis et présentés par Camille de Villeneuve

Jean de la Croix
Sage, poète et mystique
Alain Delaye

René Guénon
Le visage de l'éternité
Erik Sablé

Luther
Laisser Dieu être Dieu
Textes choisis et présentés par Caroline Baubérot-Bretones
Traduits par Albert Greiner

Pierre Teilhard de Chardin
Rien n'est profane
Textes choisis et présentés par Marie-Jeanne Coutagne

Nietzsche
Ou la Sagesse dionysiaque
Rémi Soulié

Rimbaud
Celui-là qui créera Dieu
Stéphane Barsacq

RÛMÎ

La religion de l'amour

Textes choisis et présentés
par Leili Anvar

Éditions Points

Ce livre est publié dans la collection « Points Sagesses »,
série « Voix spirituelles »

La série « Voix spirituelles » est le fruit de rencontres :
un lecteur d'aujourd'hui nous invite à découvrir,
à lire et à méditer les écrits d'un grand mystique
dont le parcours l'a inspiré.

ISBN 978-2-7578-1430-7

Préface

Il est survenu, l'Amour
Comme le sang, il coule dans mes veines
  Il m'a vidé de moi
  Il m'a rempli de l'Aimé
L'Aimé a envahi
Chaque parcelle de mon être
  De moi ne reste qu'un nom
  Tout le reste, c'est Lui[1]

De lui reste bien plus qu'un nom pourtant. Mohammad Jalâl al-dîn Balkhî, que les Iraniens désignent sous le titre de Mowlavî (« notre Seigneur »), les Turcs sous celui de Mevlana (Mowlânâ) (« notre Maître »), les Occidentaux sous le nom de Rûmî (« l'Anatolien »), et qui s'était choisi *Khâmûch* (« le Silencieux ») comme nom de plume, a laissé derrière lui une œuvre de plus de 60000 dis-

1. Quatrain 325. La numérotation des quatrains correspond à l'édition de référence de Badi'ozzaman Forûzânfar, *Kollîyât-e Shams yâ Dîvân-e kabîr*, Téhéran, Amîr Kabîr, 1344/1965-1346/1967 (10 volumes).

tiques et l'image d'un homme que l'amour brûla tout entier[1].

Né en 1207, il quitta encore enfant sa région natale à l'extrême est du monde iranien et voyagea avec sa famille dans tout le monde musulman avant de s'installer définitivement à Konya où son père puis lui-même bénéficièrent de la protection des souverains seldjoukides, patrons des arts et de la spiritualité soufie. Il reçut une solide formation coranique, théologique et mystique qui lui permit de succéder à son père à la fois comme prêcheur et comme maître spirituel. Respecté par l'élite intellectuelle et spirituelle de Konya, il ne serait cependant resté de lui que le souvenir d'un maître parmi d'autres s'il n'avait vécu une expérience qui fit de lui le chantre de l'amour mystique.

Cet amour qu'il ne cessa de chanter dans tous ses poèmes, il y fut initié assez tard dans sa vie, par un mystérieux derviche dénommé Shams de Tabriz qui fit irruption dans sa vie le 9 novembre 1244. Cette date a été précieusement consignée, car elle fut pour le maître de Konya celle de sa naissance à lui-même. Shams, dira-t-il plus tard, l'a fait naître à la vraie vie. Avant de venir à Konya, le vieux derviche avait longtemps voyagé, erré pour ainsi dire de par le monde, en quête d'un compagnon spirituel qui pût entendre ce qu'il avait à dire, recevoir ce qu'il avait à transmettre, reconnaître en lui la source de vie et la manifestation théophanique. Il avait plus de soixante ans quand, enfin, il trouva ce

1. « Toute ma vie se résume en ces trois mots : j'étais cru, je fus cuit, j'ai brûlé. »

compagnon en la personne de Jalâl al-dîn. Tout ce que Rûmî avait vécu avant, sa formation de théologien et de soufi auprès de son père et d'autres maîtres, ses voyages, ses ascèses, ses expériences spirituelles n'avaient été – il s'en rendra compte rétrospectivement – qu'une préparation à ce qu'il allait vivre avec Shams de Tabriz. En 1244, Mowlânâ Jalâl al-dîn était en effet un théologien confirmé et respecté en même temps qu'un maître spirituel reconnu et entouré de disciples fervents. Il avait acquis toutes les connaissances possibles dans les matières religieuses et atteint un haut degré de réalisation spirituelle. Maître accompli, il avait tout, il savait tout, en apparence. Il lui manquait l'essentiel pourtant : la vision de la théophanie et la commotion qui en découle. Il lui manquait ce bouleversement de l'être tout entier, l'annihilation dans l'autre, la libération des forces de vie, la respiration de l'âme dans l'extase, toutes choses qu'il vivra grâce à Shams, par Shams, avec Shams, et qu'il nommera « amour ». « Amour », bien faible traduction, faute de mieux, du mot *'eshq* qui en persan dit le désir ardent, celui qui s'accroche à l'être comme le lierre[1], puissance dynamique :

L'amour, c'est s'envoler vers le ciel,
L'amour, c'est déchirer cent voiles à chaque souffle
Dès le premier souffle, interrompre le souffle
Dès le premier pas, se couper des pas[2]

1. Étymologiquement, *'eshq* vient du mot *'ashaqa*, « lierre ».
2. *Ghazal* n° 1919. Le *ghazal* désigne en persan une ode lyrique (voir *infra*). La numérotation des *ghazals* correspond à l'édition de

et alchimique à la fois :

J'étais mort, je devins vivant, j'étais pleurs, je devins rire
Le règne de l'amour est venu, je devins règne éternel[1]

Shams arrive donc à Konya et se manifeste à Mowlânâ. Rûmî abandonne alors la place d'honneur que lui valait son statut de maître spirituel, délaisse son enseignement et ses disciples, pour se consacrer entièrement à Shams et s'adonner avec lui à l'audition mystique [*samâ'*], cette écoute de la musique qui ravit l'âme à elle-même et qui fait tournoyer le corps sous l'effet de l'extase. C'est aussi à ce moment-là qu'il commence à composer des poèmes d'amour adressés à Shams :

Nous avons abandonné travail, métier et boutique
Nous avons appris la poésie, les odes et les quatrains
Dans l'amour qui est notre âme, notre cœur et nos yeux
Nous avons brûlé et l'âme et le cœur et les yeux[2]

Si ses disciples ne comprennent pas cette attitude et accusent Shams d'avoir « ensorcelé » leur maître, c'est parce qu'ils ne voient pas en Shams ce que Rûmî voit avec de plus en plus de clarté, à savoir qu'il est une « incarnation » théophanique. « Shams de Tabriz, dira-t-il, est

---

référence de Badi'ozzaman Forûzânfar, *Kollîyât-e Shams yâ Dîvân-e kabîr*, *op. cit.*

1. *Ghazal* n° 1393.
2. Quatrain n° 1293.

la forme de l'amour[1]. » Cette découverte déchire les voiles qui lui cachaient la vérité, lui ouvrant les portes de l'invisible. Cette expérience le bouleverse du tout au tout et le convertit à la « religion de l'amour ». Dans cette religion, il n'y a plus de « bien » ou de « mal », de « foi » ou d'« incroyance ». Dans cette religion, il faut tout donner, tout brûler, ce que l'on possède et ce que l'on est, la raison raisonnable, les croyances infondées, les certitudes, les illusions de vérité, les attachements quels qu'ils soient. Aucun dogme ne saurait la réduire, aucune pratique la forclore. Elle est, essentiellement, ouverture et ascension, « au-delà de l'au-delà ». C'est à cela que Shams invita Rûmî :

Ne te contente pas d'être théologien
Demande plus que cela !
Désire plus que d'être un soufi
Que d'être un gnostique.
Désire toujours plus que ce qui vient à toi [...]
Plus que le ciel[2] !

Et il trouva en lui un réceptacle capable de le recevoir, lui et ce qu'il avait à transmettre :

C'est toi que je veux
Toi, tel que tu es
Je veux un désirant

1. *Ghazal* n° 1295.
2. Shams-e Tabrîzî, *Maqâlât*, p. 221. Les pages correspondent à l'édition de Mohammad-Alî Movahhed, *Maqâlât-é Shams-é Tabrîzî*, Téhéran, Khwârazmî, 1369 / 1990.

Un assoiffé
Un affamé
L'eau pure recherche l'assoiffé[1]

Pour que cette soif perdure et que jamais ne se tarisse le désir, Shams, bientôt, disparut de la vie de Rûmî. Il quitta une première fois Konya puis revint et disparut à nouveau, cette fois pour toujours. Leur compagnonnage terrestre aura duré à peine quatre années mais Rûmî portera en lui la présence de Shams jusqu'à son dernier souffle. Shams avait prévenu qu'il partirait un jour, le jour où Mowlânâ serait arrivé à une maturité spirituelle suffisante. Mais il pensait aussi que l'expérience de la séparation et de l'absence était essentielle dans le cheminement amoureux, car l'absence attise le désir de l'union et intériorise la relation. Et en effet, les biographes de Rûmî racontent qu'après la disparition définitive de Shams, Rûmî écoutait de la musique et dansait jour et nuit en disant des poèmes dans des états d'extase indescriptibles. Habité par le souvenir de Shams, c'est après cette séparation qu'il composa l'essentiel de son œuvre lyrique. Comme si l'évocation de l'Aimé était le seul moyen de transmuer l'absence en présence, comme si dire l'amour, c'était le vivre plus intensément encore. Dans l'absence de Shams, Rûmî fit l'expérience de la fusion des essences. Il devint son Bien-Aimé et se mit à parler en son nom :

Moi, j'ai dessiné une forme
À toi de lui donner une âme

1. *Ibid.*, p. 287.

Tu es l'âme de l'âme de l'âme
Et moi, je suis le réceptacle corps[1]

Ou encore :

La forme de ma pensée vient de ton souffle
On dirait que je suis tes mots et tes phrases[2]

Rûmî devint donc poète, absolument, radicalement, parce que la poésie lui venait sans même qu'il pût la retenir ou la contrôler. L'audition de la musique ou de simples rythmes de la vie quotidienne comme le bruit d'un moulin à eau, les cris d'un vendeur de rue, le tic-tac des marteaux des batteurs d'or résonnaient si puissamment en lui qu'il entrait en extase, se mettait à tourner sur lui-même dans une danse semblable au tournoiement des sphères. Alors la poésie débordait de lui, en jaillissements jaculatoires, en éclairs surréalistes, en évocations visionnaires. Il composa des poèmes dans tous les mètres possibles, des plus usuels aux plus méconnus, et son univers poétique est tout rempli d'images, des plus classiques aux plus incongrues. Bien avant l'invention du surréalisme, il fut donc un immense poète surréaliste. Non pour créer une école ou un genre, mais tout simplement pour tenter de dire ses expériences intérieures, ses visions et cet amour qui le submergeait ou le brûlait, l'envahissait d'images et de musique. Rûmî explorait le surréel à travers l'expérience de l'amour et tentait de rendre compte de ce que l'Aimé lui donnait

1. *Ghazal* n° 1708.
2. *Ghazal* n° 1683.

à voir dans le miroir du cœur par les mots du poème. Le surréel lui apparaissait en fulgurance. Il le percevait par tous ses sens, charnels et spirituels, dans le murmure du vent et de l'eau, dans le fracas des tempêtes, dans les fleurs et les montagnes, les animaux, les hommes, dans tout ce qui vit, dans le mouvement des sphères et la beauté des astres, dans les ténèbres de la nuit et les lumières changeantes du jour. Dans toute chose, à tout moment, il recherchait l'Aimé et il le trouvait. Submergé de nostalgie et de désir, où qu'il regardait, il voyait partout la trace du Bien-Aimé, la transcendance unie indissolublement à l'immanence. Pour Rûmî, le monde tout entier est une métaphore de l'Aimé et c'est de cette métaphore universelle que sa poésie s'est voulue le miroir, elle-même donc métaphore de la métaphore.

Quelque temps après la disparition de Shams, Rûmî s'apaisa peu à peu mais sans jamais cesser ni la danse extatique ni la composition poétique. Il eut d'autres compagnons spirituels dans lesquels il voyait briller une parcelle de Shams. Ce fut en particulier le cas de Hosâm al-dîn Tchalabî, qui lui inspira sa grande œuvre didactique, le *Masnavî*. Pendant que le maître tournait et disait ses vers, le jeune disciple écrivait. Dans cette œuvre, Rûmî raconte le roman de l'âme arrachée à son origine, jetée en exil dans ce monde. Il lui indique le chemin du retour et lui montre la voie, la seule voie possible : mourir à soi-même, renoncer à l'ego, renoncer à tous les attachements et surtout entrer dans l'amour. Non pas un amour de pacotille, éphémère et limité, mais l'amour-océan qui englobe toute chose, l'amour-feu qui seul peut brûler l'ego, l'amour infini des êtres dont la manifestation la plus haute est la théophanie, Dieu descendu dans une forme humaine. Histoire après histoire, conte après conte, Rûmî revient sans cesse à cela, qui est pour lui l'essence du cheminement spirituel. Renoncer à soi pour laisser advenir l'Autre en soi, s'ouvrir à l'amour, ne jamais s'arrêter en chemin. Car comme le *Masnavî*, le cheminement de l'âme n'a pas de fin. Comme le *Masnavî*, qui s'ouvre sur le chant de la flûte de roseau, l'âme vient à l'être par un souffle, l'expir divin[1], elle continue son trajet jusqu'au dernier souffle et au-delà.

Mowlânâ Jalâl al-dîn rendit son dernier souffle le 17 décembre 1273, à l'aube. Dans la tradition mevlevi, et selon le vœu de Rûmî lui-même, ce jour s'appelle le « jour des noces », car dans la mort, enfin libérée du tombeau du corps, l'âme peut s'envoler et rejoindre l'essence du Bien-Aimé. Après la mort, ce qui lui a été donné de vivre dans les instants de l'union extatique, dans l'oraison, l'audition mystique, la danse ou la poésie devient un état permanent, une joie éternelle – pour peu que l'âme ait œuvré en ce monde à son perfectionnement. Rûmî croit en l'immortalité de l'âme et, dans maints poèmes composés à l'occasion d'un deuil ou préfigurant sa propre mort, il rejette la peur de mourir au nom de la résurrection à venir :

1. Voir Coran, XXXII, 7-9 : « C'est Lui qui a créé toute chose à la perfection et qui a instauré la création de l'homme à partir de l'argile ; puis d'un vil liquide Il a tiré sa descendance ; puis Il lui a donné une forme harmonieuse et a insufflé en lui de Son Esprit, vous dotant ainsi de l'ouïe, de la vue et de l'intelligence. » Les citations du Coran sont extraites de l'ouvrage *Le Noble Coran*, nouvelle traduction française par Mohammed Chiadmi, Lyon, Éditions Tawhid, 2007.

Lorsqu'au jour de ma mort, mon cercueil sera en route
Surtout, ne va pas croire que je regrette ce monde
Ne pleure pas sur moi en disant : « Ô douleur ! »
Car la douleur, c'est d'être pris au piège du démon
Quand tu verras ma dépouille, ne dis pas : « Séparation ! »
Car ce sera lors le temps de la rencontre et de l'union[1]

Pour lire Rûmî aujourd'hui et malgré les inévitables pertes de la traduction, il faut se laisser guider par la beauté des textes, entrer dans son univers sans préjugés, accepter qu'un auteur profondément ancré dans la tradition coranique puisse parler d'amour et nous guider sur ce chemin. La tradition soufie, qui trouvera en Rûmî l'un de ses représentants les plus incandescents, n'a d'ailleurs eu de cesse de lire le Coran avant tout comme un message d'amour. Cette lecture-là est peut-être le seul remède contre la tentation de la violence et de la haine. Rûmî ne disait-il pas lui-même en pensant au déferlement mongol qui mit à feu et à sang le monde qui fut le sien :

Dans la guerre et le sang
Les Mongols ont détruit le monde, je le sais
Mais la ruine recèle Ton trésor
Quel malheur pourrait l'atteindre ?
Le monde s'est brisé tout entier, je le sais
Mais n'es-tu pas l'ami de ceux que la vie a brisés[2] *?*

1. *Ghazal* n° 911.
2. *Ghazal* n° 1327.

Lire Rûmî aujourd'hui, alors que plus de sept cents ans se sont écoulés depuis la composition de ses poèmes, c'est entrer dans cette foi vive qui anime sa personnalité, sa pensée et son œuvre. Rûmî nous invite à contempler dans l'intériorité pure le visage de l'Aimé. Il nous apprend à changer de regard, à saisir dans les signes l'au-delà des signes. La puissance de son imagination fait voir l'invisible et sa musique parvient à dire l'indicible. Comme l'amour, sa poésie possède cette puissance alchimique qui transforme l'être par un effet de commotion extatique. C'est à ses yeux la fonction même de la poésie, le seul langage possible pour dire l'amour et arracher les voiles qui cachent à la vue de l'âme l'Aimé lumière, ce Soleil (le nom de Shams signifie littéralement « soleil ») qui irradie l'œuvre et la nimbe d'une lumière surnaturelle.

Nous ne venons au cœur que par le cœur
Pas un instant, nous ne tenons hors du cœur
Comme le roseau à la tête coupée
Nous avons tout perdu et tout gagné
Nous ne méritons rien que le feu de l'amour
Comme de l'amant, le cœur consumé.
Nous sommes les atomes du soleil de l'amour
Lève-toi, ô amour ! que nous puissions nous lever[1] *!*

1. *Ghazal* n° 1555.

Note sur la présente édition

Les traductions de l'œuvre de Rûmî qui suivent sont extraites des œuvres suivantes :

– L'œuvre lyrique (odes lyriques et quatrains)
– Le *Masnavî*
– *Le Livre du dedans* (*Fîhi mâ Fîhi*)

Ces traductions proviennent des sources suivantes :

Pour les *ghazals* :
– la traduction d'Éva de Vitray-Meyerovitch et Mohammad Mokri publiée sous le titre *Odes mystiques* (Éditions du Seuil, « Points Sagesses n° 180 », 2003), indiquée dans ce volume par l'abréviation *OM* suivie du numéro du *ghazal*.
– les traductions de Leili Anvar, inédites, indiquées par l'abréviation *LAI* suivie du numéro du *ghazal* dans l'édition de Forûzânfar, ou publiées dans *Rûmî* (Paris, Entrelacs, 2004), indiquées par l'abréviation *LAR* suivie du numéro du *ghazal* correspondant à l'édition de Forûzânfar.

Pour les quatrains : traductions de Leili Anvar, inédites ou publiées dans *Rûmî* (*ibid.*), indiquées par l'abréviation *Q*, *LAI* ou *LAR*, suivie du numéro du quatrain dans l'édition de Forûzânfar.

Pour le *Masnavî* : traduction inédite de Leili Anvar, indiquée par l'abréviation *M* suivie du numéro du livre et des numéros de vers dans l'édition de Este'lâmî (*Masnavî-yé Ma'navî*, Éditions Mohammad Este'lâmî, 6 volumes, Téhéran, Zavvâr, 1993).

Pour le *Fîhi mâ Fîhi*, traduction d'Éva de Vitray-Meyerovitch sous le titre *Le Livre du dedans* (Paris, Sindbad, 1982).

Les notes sont celles de chaque traducteur sauf celles qui ont été ajoutées entre crochets.

Les titres des *ghazals* sont de l'auteur de ces lignes.

La transcription des mots persans ou arabes a été unifiée.

L'œuvre lyrique

L'œuvre lyrique de Rûmî est tout entière le reflet de ses expériences de l'amour, l'amour le plus radical, le plus incandescent, avec ses vicissitudes les plus contradictoires, ses moments d'union et de séparation, de joie et de nostalgie, d'espoir et de désespoir. Il convient peut-être de préciser que l'amour dont il est ici question est un amour purement spirituel, qui n'a rien à voir avec une passion physique à caractère homosexuel comme certains ont pu le penser. Que cet amour s'exprime en termes sensuels dans les poèmes relève du genre littéraire et d'une tradition qui remonte au Coran lui-même. De plus, le statut de saint qu'a atteint Rûmî de son vivant exclut que son entourage ait pu avoir ne serait-ce qu'un soupçon quant à la nature de ses relations avec Shams. Enfin, aussi bien Shams, dans les enseignements qui restent de lui, que Rûmî, dans ses poèmes, critiquent sévèrement la faiblesse face aux passions charnelles quelles qu'elles soient. Dans ces poèmes, c'est donc bien le pur amour qui englobe toutes les autres expériences et emporte tout sur son passage, jusqu'au poète lui-même. C'est d'ailleurs la raison pour laquelle le recueil qui les contient n'est pas connu sous le nom de Dîvân de Rûmî *mais* Dîvân de Shams, *ce qui signifie « le recueil de poésies dédié à Shams » mais aussi « inspiré » voire « composé » par Shams. De plus, il est usuel en poésie persane que le poète signe ses poèmes au dernier vers en évoquant son nom de plume. Rûmî, lui, ne signe pas de son nom de plume* Khâmûch *(littéralement « le silencieux » ou « éteint ») mais la plupart du temps, évoque le nom de Shams ou une métaphore solaire qui en tient lieu. C'est un fait unique dans l'histoire de la littérature persane. Cela reflète la manière dont Rûmî s'est senti annihilé dans sa relation avec son maître et compagnon spirituel, et à quel point il est habité par sa présence, même des années après la mystérieuse disparition de celui-ci. De fait, la tradition rapporte que c'est après le départ de Shams, dans la douloureuse expérience de la séparation physique, que Rûmî devint véritablement poète et qu'il se mit à composer des poèmes dans l'extase de l'audition mystique. La lecture du* Dîvân *confirme en effet le caractère extatique de l'œuvre. Même si d'un point de vue prosodique, les poèmes sont construits dans les règles de l'art – à quelques exceptions près – et restent donc dans le cadre des canons classiques, ils débordent sans cesse vers un au-delà, comme si le poète ne pouvait contenir ce qui venait à lui dans ses extases. Dans ce recueil où sont consignés les odes lyriques et les quatrains, on ressent une puissance émotionnelle d'une rare intensité et on voit littéralement se dérouler sous nos yeux un processus visionnaire qui s'exprime en termes surréalistes et donne à voir l'indicible de l'expérience mystique la plus haute.*

Ghazals (« odes lyriques »)

Le ghazal *est en poésie persane la forme par excellence de l'expression lyrique. C'est un poème court dont les thèmes sont invariablement l'amour, la nostalgie, l'ivresse ou la beauté. Il met en scène l'amant, l'Aimé, l'extase de l'union ou les souffrances de la séparation. Le* ghazal *se situe dans un monde idéalisé où tout est sublimé, où la seule réalité est celle de l'amour, et où tout, du cosmos à l'humble fourmi, devient signe, trace de l'idéale beauté de l'Aimé(e). Dans le* ghazal *se déploie aussi la veine bachique. Le poète en appelle à l'échanson pour qu'il verse le vin, celui que l'on servait à la cour des princes lors des banquets ou celui que l'on buvait avec l'Aimé(e) dans l'intimité amoureuse, celui que l'on boit seul pour oublier les chagrins et le caractère éphémère de la vie, ou encore le vin mystique de l'inspiration divine. De manière générale, les* ghazals *de Rûmî sont d'une facture très originale dans le sens où, même si le poète utilise abondamment les images classiques de la littérature érotico-bachique, il déploie aussi tout un monde de métaphores personnelles qui témoigne de ses expériences visionnaires et reflète les variations infinies de son monde intérieur.*

Chez Rûmî, le vin est clairement l'une des métaphores majeures de l'inspiration spirituelle et poétique. Le vin dont il est ivre n'est pas celui qui est issu de la vigne mais celui qu'il reçoit en abondance de l'invisible dans ses danses extatiques. De nombreux poètes avant et après lui ont utilisé l'image du vin comme symbole mystique et donc fait de la figure de l'échanson une source d'inspiration.

Par ailleurs, le vin des poètes est aussi associé à l'eau de la vie, l'eau de l'éternelle jouvence qui renvoie pour les mystiques à l'immortalité de l'âme.

«Appel à l'échanson»

Qu'ai-je à faire des conseils. Ô échanson, fais circuler la coupe.
Verse à l'âme, ô échanson, ce vin qui donne la vie,
Mets dans ma main cette coupe de vie, ô toi, secours des amoureux!
Loin des lèvres des étrangers, apporte-la-moi en secret, ô échanson.
Donne du pain au mangeur de pain, ce pauvre envieux;
Ô échanson, fais dormir dans un coin cet amoureux affamé de pain.
Ô Vie de ma vie de ma vie! Ce n'est pas pour du pain que nous sommes venus ici.
Va-t'en! Ne te conduis pas, à l'assemblée du sultan, comme un mendiant, ô échanson!
Prends d'abord cette grande coupe, place-la dans la main de ce *Pîr*[1];
Quand le *Pîr* du village est ivre, va, échanson, chez ceux qui sont enivrés.
Ô toi qui espères, fais preuve d'audace: l'ivresse chasse toute timidité.
Si tu es timide, ô échanson! noie ta timidité dans le vin.
Lève-toi, ô échanson! viens, ô toi ennemi de la réserve et de la pudeur!

1. [*Pîr* désigne le maître de la sagesse.]

Pour que notre sort soit riant, ô échanson ! viens en riant vers nous.

OM, n° 9.

« Ivresse »

Ô échanson ! Fais-nous voir notre couleur dans la pureté du vin.
Annihile-nous, pour que ces deux mondes soient délivrés de notre honte.
Que le vent de l'ivresse, par ta grâce, nous emporte
Dans les airs, afin que notre lourdeur s'allège.
Fais chevaucher l'âme sur le coursier de l'ivresse dans la voie de l'amour,
Et que pour nous cent lieues [*farsang*] soient comme un seul pas.
Libère notre âme avec une coupe pleine de vin.
Nos yeux, nos visages, nos cœurs, sont ensanglantés.
Ô échanson ! Hâte-toi ! Ne vois-tu donc pas
Nos pensées boiteuses qui courent derrière toi ?
Dans la joie, les pensées sont des pierres, elles encombrent l'âme ;
Ôtez de ce chemin les pierres qui barrent notre route.
Dans le chant d'amour de Shams-od-Dîn Tabrîzî, joue,
Ô ménestrel de Tabriz ! sur notre luth, la mélodie de 'Oshshâq[1].

OM, n° 146.

1. [L'un des modes de la musique classique persane qui signifie aussi, littéralement, « les amants ».]

« Le vin pur »

La vision de ton Visage dès l'aube,
Vois combien elle a apaisé ma douleur !
Quel feu elle a jeté au cœur des amoureux,
Quel message elle a envoyé au plus secret de l'âme !
Quand sa grâce m'a appelé devant elle,
Elle m'a fait boire le vin qui n'est pas dans la coupe.
Les âmes ont bu le plus pur de ce vin ;
Quant aux corps, elle leur a donné une coupe pleine de lie.
Cherche dans l'âme cette pure liqueur,
Car c'est elle seule qui donna un nom aux choses créées.
C'est à Tabriz que se trouve le piège pour ton cœur :
Que sur ce piège soit l'éternelle miséricorde.

OM, n° 995.

Un certain nombre de poèmes du Dîvân *ont été composés juste après la « disparition » de Shams et il est évident que Rûmî y exprime une douleur encore très vive, celle de la séparation avec celui qui fut sa « source de vie ». Mais, chez Rûmî, la souffrance est toujours transcendée par la force des souvenirs passés et la promesse d'une union à venir.*

« Reviens ! »

Ô toi dont la chaleur cachée derrière les voiles est pour nous l'été !
Ô toi collyre de l'œil de l'âme, où donc es-tu parti ? Reviens,
Afin que l'eau de la miséricorde jaillisse du sein des flammes,
Que la verdure surgisse des terres arides, que les tombes
deviennent des jardins,

Afin que le raisin soit mûr, et que notre pain soit cuit.
Ô Soleil de l'âme et du cœur ! Ô toi par qui le soleil est humilié !
Regarde enfin comment ont emprisonné notre âme cette eau et cette argile.
Maintes fois les épines sont devenues roseraies, par amour de ton visage,
Jusqu'à ce que cent mille aveux aient jailli de notre foi.
Ô toi, Visage de l'Amour éternel ! Tu es apparu dans la beauté d'un corps
Afin de guider l'âme, hors de cette prison, vers l'Unique…
Dans le sombre chagrin, fais apparaître la joie, de cette nuit profonde fais sortir le jour,
Un jour étrange, plein de merveilles, ô notre aurore qui répand la lumière !
D'une perle de pacotille tu fais une perle d'un pur orient, tu rends jalouse Zohra[1] elle-même,
Tu transformes le pauvre hère en monarque. Longue vie à toi, ô notre sultan !
Où sont les yeux capables de te voir, afin de parvenir à ta poussière ?
Où est l'oreille intelligente capable d'entendre nos discours ?
Quand le cœur compte les bienfaits, rendant grâces de ces douceurs,
De chaque atome de notre corps, le désir s'écrie.
Le son du tambourin s'est élevé de l'âme, afin que les parcelles se joignent au tout,
Fleur à fleur, rose à rose, hors de notre prison d'épines.

OM, n° 29.

1. Vénus.

« Séparation »

Tu as pris la décision de partir, comme la douce vie : souviens-toi !
Tu as sellé le cheval de la séparation d'avec nous : souviens-toi !
De la terre et du firmament surgissent pour toi des amis purs.
Pourtant, tu avais fait une promesse à ton ami de jadis : souviens-toi.
J'ai commis des fautes qui provoquent ta haine,
Mais, ô ami sans haine ! De mes nuits souviens-toi.
Chaque soir, quand tu poses sur ta couche ton visage beau comme la lune,
Souviens-toi de ce temps où tu posais ta tête sur mes genoux.
Pareil à Farhâd[1], je creuse, par amour pour toi, le mont de la séparation.
Ô toi dont Khosraw[2] et cent beautés telles que Shirine sont les esclaves, souviens-toi.
Au bord de l'océan de mes yeux, tu as vu la plaine de l'amour,
Toute remplie de pâles fleurs et de rameaux de safran[3].
Mes supplications enflammées montent vers le ciel ;
Souviens-toi que Gabriel, du plus haut du ciel, crie : « Ô Seigneur, amen ! »

1. [Archétype de l'amant malheureux. Il creusa la montagne pour l'amour de la princesse Shirine et se jeta du haut de la falaise en apprenant la fausse nouvelle de sa mort.]

2. [Il s'agit du roi Khosraw qui aima la princesse Shirine et fut initié par elle à l'amour véritable avant de pouvoir enfin l'épouser.]

3. Image couramment employée pour désigner la pâleur [maladive] du visage.

Ô Shams de Tabriz ! Depuis le jour où j'ai vu ton visage,
L'amour pour ton visage est devenu ma foi, ô toi en qui se manifeste la gloire de la religion. Souviens-toi !

OM, n° 1063.

« Pleurs »

C'est pour Shams, soleil de la Vérité et de la Foi, que nos yeux pleurent ;
C'est pour ce soleil que nous versons des larmes, comme une pluie.
Verrons-nous, au moment de l'union, le navire de ce Noé ?
Car il n'y aura plus d'existences, après notre déluge ;
Notre corps sera plongé dans son propre océan soulevé de tempêtes
Quand apparaîtra le navire de ce Noé caché.
La mer et la séparation tendent à l'union, et l'on parvient à la rive ;
Puis, dans le monde entier, fleurissent les roses et les tulipes.
Toute l'eau des larmes qui coulent à présent de nos yeux
Fera surgir pour nous cent roseraies riantes ;
L'orient et l'occident ne seront qu'un parterre de fleurs ;
Ronces et épines ne se montreront pas parmi nos roses toutes semblables.
Sous chaque rosier sera assise une beauté au visage de Vénus, pareille à la lune,
Jouant gaiement du luth pour notre Khâqân[1].
À chaque instant, tu verras s'approcher une merveilleuse idole

1. Titre de l'empereur de Chine, et par extension des souverains turcs de l'Asie centrale.

Qui vient déposer une coupe de vin dans nos mains.
L'âme de la passion s'écriera : « Bénies soient ces idoles au corps resplendissant ! »
Le cœur dit : « Louanges à notre joie infinie ! »
La poussière de Tabriz est remplie d'amour de la grâce et de la pureté,
Pareille à la pureté du *Kawthar*[1] et à celle de la Source de la Vie éternelle.

OM, n° 148.

Dans de nombreux poèmes, Rûmî évoque la puissance alchimique de l'amour. L'amour spirituel peut tout transformer, tout sublimer, pour peu que l'amant ait la force de s'anéantir, de se vider de l'ego qui est le seul obstacle à l'union avec l'Aimé. Se jeter à corps perdu dans l'amour permet d'accéder aux secrets de l'univers et de voir en des scènes visionnaires les vérités spirituelles.

« Une autre vie »

Si le feu du cœur s'élève, il embrasera le croyant et l'impie.
Si l'oiseau du sens prend son essor, la forme revêtira des ailes.
Le monde entier sera anéanti, l'âme sera noyée dans le déluge.
Cette perle deviendra eau, cette eau emportera la perle dans ses flots.
Le Secret sera manifesté, la forme du monde sera détruite.
Soudain, une houle bondira vers la voûte azurée.

1. [Nom de l'un des fleuves qui coulent au Paradis.]

Le calame deviendra parchemin, et le parchemin ne restera plus lui-même.
L'âme s'opposera au bien et au mal, à tout instant elle brandira contre eux son poignard.
Toute âme qui se divinise entrera dans la retraite royale.
Si elle était serpent, elle deviendra poisson ; elle passera de la terre à la source du *Kawthar*[1].
Elle ira de l'espace vers l'au-delà de l'espace, elle se manifestera dans le monde invisible. Partout où elle apparaîtra émanera désormais le parfum du musc et de l'ambre.
Dans le monde de la pauvreté elle mendiera ; pourtant, elle l'emportera sur les astres.
Khâqân[2] sera la poussière de son seuil, *Sandjar*[3] le marteau de sa porte.
Du soleil embrasé parvient à chaque moment au cœur un appel :
« Renonce au flambeau d'ici-bas afin que te soit octroyé le flambeau de l'au-delà. »
Puisque tu es au service du Bien-Aimé, pourquoi te cacher ?
L'or s'embellit constamment des blessures que lui inflige l'orfèvre.
Le cœur, rendu hors de lui-même par le Vin éternel, récitait joyeusement ce *ghazal* :
« Si le vin le prive de cette vie, il lui donnera une autre vie. »

OM, n° 538.

1. Voir note 1, p. 30.
2. Voir note 1, p. 29.
3. Roi seldjoukide de l'Iran, né en 477/1084, mort en 552/1157.

« Plénitude »

Ô mon Dieu, sois satisfait des amoureux !
Que la fin des amants soit bénie.
Que ta beauté pour eux soit une fête,
Puisse leur âme être dans ton feu comme l'encens.
Ô Bien-Aimé ! Tu as versé notre sang de ta main ;
Que notre âme par cette main soit ensanglantée.
Celui qui dit : « Sauve-le de l'amour ! »
Que sa prière soit chassée du ciel.
La lune, un certain temps, s'amenuise dans la voie de l'amour ;
Que cet amoindrissement, dû à l'amour, soit une plénitude.
Les autres demandent à la mort un sursis,
Mais les amants s'écrient : « Non, non, puisse-t-elle arriver vite ! »
Le ciel est fait de la fumée des cœurs qui se consument,
Louanges à celui qui est ainsi consumé.

OM, n° 826.

« Heureux les pauvres ! »

Un matin, l'aurore a déchiré le voile des ténèbres.
Une nuit, celui qui ressemble au jour de la Résurrection s'est levé.
Il a détruit les obstacles, il a jeté un regard sur son propre « Moi ».
Ce qu'aucune langue n'a exprimé, celui qui n'a ni tête ni oreilles l'a entendu.
Quand l'amour apparaît, la chair ne peut supporter tant de joie,

Mais puisqu'il t'anéantit, où se posera la joie ?
Pauvreté a pris les devants : elle a escaladé marche sur marche.
C'est la Pauvreté aux clés bénies qui va ouvrir les verrous.
Celui qui est tué par la concupiscence est impur ; celui qui est tué par l'intelligence est pur.
Mais la Pauvreté a dressé sa tente au-delà du pur et de l'impur.
Les cœurs des amants mystiques se rassemblent tous autour de la Pauvreté :
La Pauvreté est le sheikh des sheikhs ; tous les cœurs sont ses disciples.
Quand à Tabriz mes yeux ont vu Shams-e-Haqq,
Dieu leur a dit : « Vous êtes remplis. » Ils répondirent : « Y en a-t-il encore[1] ? »

OM, n° 890.

L'un des mythes fondateurs du Coran que les mystiques ont médité à l'infini est celui du pacte que les âmes des hommes ont passé avec Dieu dans la prééternité, avant même la création du temps et la descente dans le monde terrestre. Les variations autour de ce mythe sont nombreuses. Ce qu'il faut en retenir, c'est que l'âme a vu dans le monde céleste la beauté de la Face de Dieu et en a été enivrée. Descendue dans le corps, elle a oublié sa patrie céleste mais en a gardé néanmoins une profonde nostalgie et aspire au plus profond d'elle-même à y retourner. Pour Rûmî, le seul moyen d'effectuer ce retour et d'ouvrir les yeux de l'âme est de s'anéantir dans l'amour.

1. Coran, L, 29, in *Le Noble Coran*, *op. cit.*

« Prééternité »

Avant qu'il existât en ce monde le jardin, la vigne, le raisin,
Notre âme était enivrée du vin éternel.
Nous avons proclamé « Ana'l Haqq[1] » dans le Bagdad du monde spirituel,
Avant la parole de Mansûr, le jugement et le gibet.
Avant que l'Âme universelle devînt l'architecte du limon terrestre,
Dans la taverne des Réalités divines, notre vie était heureuse.
Notre âme était comme l'univers, la coupe de l'âme pareille au soleil.
Par le vin de l'âme, l'univers était noyé dans la lumière.
Ô échanson, enivre ces êtres charnels, emplis d'orgueil,
Afin qu'ils sachent tous de quelle joie ils ont été éloignés !
Que la vie soit consacrée à un échanson qui arrive par la voie de l'âme,
Afin qu'il retire le voile à tout ce qui était voilé.
Nous sommes restés éblouis devant cet échanson :
Son vin ne donnait pas de langueur, son miel ne venait pas des abeilles.
Ferme nos lèvres, ô échanson ! sinon sera divulgué le secret
Enfoui comme un trésor dans la septième profondeur de la terre.
Ô Tabriz ! Dis-nous si tu te souviens de cette époque
Où le soleil de la foi n'était pas manifesté en Shams-od-Dîn.

OM, n° 731.

1. [« Je suis le Vrai » : locution extatique prononcée par le mystique Hallâj et qui lui valut d'être condamné à mort et supplicié à Bagdad en 922.] Voir Louis Massignon, *La Passion d'al-Hallâj* (4 volumes), Paris, Gallimard, 1990.

« Le philtre d'amour »

L'amour du Bien-Aimé m'a coupé de mon âme.
L'âme dans l'amour a échappé au soi.
Puisque l'âme est créée et l'amour incréé,
Jamais celle-ci n'atteindra l'existence de celui-là.
Il attire notre âme vers sa proximité.
Il égare hors de lui-même le faucon de l'âme.
Quand l'âme fut perdue, elle découvrit son existence
véritable ;
Ensuite, l'âme revint à elle-même.
Le lacet de l'amour alors s'enroula autour d'elle ;
L'amour lui fit boire un philtre fait de sa réalité,
Tous les autres attachements la quittèrent aussitôt.
Tel est le signe du commencement de l'amour :
Mais quant à sa fin, nul encore n'y a jamais atteint.

OM, n° 991.

Le Bien-Aimé est pour Rûmî une manifestation théophanique ; c'est pourquoi, dans son œuvre, l'amant ne se contente pas d'aimer l'Aimé, il se prosterne devant Lui, Le contemple et, à l'instar des phalènes qui se jettent dans le feu de la chandelle, finit par s'anéantir en Lui. Mais l'Aimé ne Se réduit pas à un seul être, Il est présent partout, Il Se manifeste dans toute la nature, Se donne à voir dans toutes les beautés, Se dévoile à tout instant pour l'œil qui sait voir. Dans l'amour mystique, ce qui est en jeu, c'est le processus de dévoilement, qui est mis en œuvre par la présence théophanique et en mots par l'œuvre poétique. Et ceci même si le poète reconnaît que, paradoxalement, les mots voilent autant qu'ils dévoilent et, qu'ultimement, l'expérience mystique dépasse les possibilités du langage, même le plus radicalement poétique.

« Flambeau »

À chaque instant, le Roi apparaissait de derrière le voile,
Puis se voilait à nouveau, et ainsi de suite huit fois.
Un moment Il ravissait l'intelligence et le cœur de ceux qui étaient au-dehors,
Un autre moment, l'esprit et la pensée de ceux qui se trouvaient à l'intérieur.
Sous Ses yeux était ouvert un livre de pure magie.
Dans tous les cœurs privés de quiétude, Il passait et repassait.
Parfois, la passion qu'Il inspirait traçait de la pointe du Calame une Image,
Parfois, le hautbois de l'amour chassait la pauvre intelligence comme une lapidée.
Quand la nuit tomba, Son visage de feu brilla comme un flambeau
Et deux cents âmes phalènes tournoyèrent autour de Lui.
Quand minuit vint, ceux qui étaient ivres devinrent hors d'eux-mêmes.
Nous restâmes, nous, la nuit, la chandelle, le vin et cette idole.
Mon « Moi » était endormi et ne m'importunait plus ;
Mon propre « Moi » et Son « Moi » s'étreignirent.
Comme à l'aube mon « Moi » était plein de désir pour Son « Moi »,
Mon « Moi » entra comme une ombre chez l'Ami et le « Moi » de l'Ami sortit.

Shams de Tabriz est parti, mais les rayons de son visage
Brillent de toutes parts pour celui qui est l'objet de son choix.

OM, n° 1076.

« C'est lui »

Aussi haut que je remonte, le seigneur, c'est lui
Quand je cherche le cœur, il est voleur des cœurs
Quand je cherche la paix, il est l'intercesseur
Quand je m'en vais en guerre, le poignard, c'est lui
Quand je vais à la fête, il est le vin et la nourriture
Quand je vais au jardin, le jasmin, c'est lui
Quand je vais à la mine, il est agate et rubis
Quand je plonge dans la mer, la perle, c'est lui
Quand je vais au désert, l'oasis, c'est lui
Quand je monte au firmament, l'étoile, c'est lui
Quand je prends patience, ma tutelle, c'est lui
Quand je brûle de douleur, l'encensoir, c'est lui
En temps de guerre quand je pars au combat
Le protecteur des rangs, le général des troupes, c'est lui
Quand je viens au banquet lors des réjouissances
L'échanson et le musicien et la coupe, c'est lui
Quand j'écris une lettre à l'attention d'un ami
Le papier et la plume et l'encre, c'est lui
Lorsque je me réveille, il est fraîche conscience
Lorsque je veux dormir, dans mon sommeil, c'est lui
Quand je cherche pour mes poèmes une rime
Dans l'esprit, l'épandeur des rimes, c'est lui
Quelque forme que tu imagines
Tels le peintre et la plume, dans ta tête, il y a lui

Lorsque tu regardes encore au-delà
Au-delà de ton au-delà, il y a lui
Va, quitte paroles et cahiers
Car bien mieux que tes cahiers, il y a lui
Silence car les six directions regorgent de sa lumière
Si tu dépasses les six directions, l'arbitre, c'est lui
Shams de Tabriz, bonheur, il est de nature solaire
Il est solairement lui-même digne de lui.
LAR, n° 2251.

« Excuse »

Ô toi dont le monde n'est qu'un signe de ta Face de beauté
Le but, c'est ta beauté, tout autre n'est qu'excuse
Si le peintre n'avait pour pôle ta Face
Quel serait le but des formes et des maisons ?
Des milliers de chandelles sont dans l'espoir
D'être une flamme autour du foyer de ton amour
Tes boucles parfumées sont le collier de notre cou
Dans ces boucles, ô Bien-Aimé, l'âme a construit son nid
Quand arriverai-je, dis-tu, au beau milieu de l'assemblée du Roi ?
Mais celui-ci n'a pas de limite, et celle-ci pas de milieu
Qui a octroyé ceci ? Shams de Tabriz, célèbre et célébré
Par la même grâce qui de la graine donne un arbre.
LAR, n° 2973.

« Voile »

La parole qui de l'âme s'élève, sur l'âme forme un voile
Sur les perles et le rivage de la mer, la langue forme un voile

L'expression de la sagesse est certes un prodigieux soleil
Mais sur le soleil des vérités, l'expression forme un voile
Le monde est écume et les attributs de Dieu comme l'océan
Sur la surface de l'océan, l'écume de ce monde forme un voile
Fends donc l'écume pour arriver à l'eau
Ne regarde pas l'écume de l'océan car elle forme un voile
Aux formes de la terre et aux cieux, ne songe pas
Car les formes de la terre et du temps forment un voile
Brise la coquille des mots pour atteindre la substance du Verbe
Car la chevelure, sur le visage des idoles, forme un voile
Toute pensée dont tu crois qu'elle enlève un voile
Rejette-la, car c'est elle qui alors, devant toi, forme un voile
C'est le signe du miracle de Dieu que ce monde vain
Mais sur la beauté de Dieu, ce signe forme un voile
Bien que notre existence soit un dépôt de Shams de Tabriz
Ce n'est que vulgaire limaille qui sur la mine forme un voile.

LAR, n° 921.

La commotion intérieure produite par l'expérience de l'amour provoque chez Rûmî des images visionnaires qui s'expriment en termes surréalistes. Les scènes décrites dans certains poèmes relèvent de ce que l'on appelle le « monde imaginal », un monde spirituel plus intense dans sa réalité que la réalité ordinaire, littéralement « sur-réel ». On voit ici que la relation d'âme à âme entre l'Aimé et l'amant se situe dans ce monde où le paradoxe est la norme et l'impossible, le mode opératoire majeur. Jusqu'à la stupéfaction.

« Stupeur »

Mon idole à la main me donna un balai
Et dit :
« De la surface de la mer, soulève de la poussière. »
Puis il brûla ce balai par le feu
Et dit :
« De ce feu, fais apparaître un balai. »
De stupeur, je me suis prosterné
Il dit :
« Fais une belle prosternation sans te prosterner. »
« Oh ! comment se prosterner sans se prosterner ? »
Il dit :
« Sois sans comment et sans épines, malheureux ! »
J'ai tendu mon petit cou
Et dis :
« Avec Zolfaghâr[1], tranche ma tête prosternée »
Plus il donnait de coups d'épée, plus il y avait de têtes
Du coup
de mon cou cent mille têtes ont poussé
Moi telle une lampe et chaque tête telle une mèche
De toutes parts
les flammes étincelaient
Les bougies successives par mes têtes enivrées
Partout
De l'Orient à l'Occident s'étaient allumées
Dans le non-espace l'Orient et l'Occident
Que sont-ils ?
Une chaufferie sombre, un bain en activité
Ton humeur est trop froide, n'as-tu point de nausée ?

1. Épée à double lame de `Alî.

Dis
Dans ce bain chaud public vas-tu longtemps rester ?
Quitte le bain mais non pour la chaufferie
Va
Dans le vestiaire admirer les peintures, images de l'Aimé
Tu verras alors des visages adorables
Oui
Tu verras des tulipes les couleurs chamarrées
Puis, après cela, regarde vers la lucarne
Et vois
Car du reflet de la lucarne ces peintures sont l'effet
Les six directions sont le bain et la lucarne le non-espace
Regarde
Au-dessus de la lucarne, du Roi, la face de beauté
La terre et l'eau tiennent leurs couleurs de son reflet
Eau-lumière
Sur le blanc et le noir, l'âme vive en pluie est tombée
Le jour s'est écoulé et mon histoire n'est pas écourtée
Ô Lui
Que le jour et la nuit auraient honte d'évoquer
Shams de Tabriz, soleil de la foi
Le Roi
Il me maintient ivre, assoiffé de vin, assoiffé.
LAR, n° 1095.

« Je ne sais »

Tu es le soleil ou Vénus ou la lune ? Je ne sais
Que veux-tu de ce vagabond fou ?
Je ne sais
Dans ce palais du sans-pourquoi, tout est douceur et harmonie

Quel désert ? Quelle prairie ? Quel palais ?
Je ne sais
Tu es dans une tente sur la route de la Voie Lactée
Autour de toi, des étoiles de toute beauté. Quelle lune es-tu ?
Je ne sais
Ton visage fait de notre âme un jardin de narcisses, de lis et de pensées
Notre lune tire son éclat de ta lune. Quel compagnon es-tu ?
Je ne sais
Un océan sans rivage, bonheur ! Et un cœur rempli de poissons
Jamais je n'ai vu tel océan ! Et que sont ces poissons ?
Je ne sais
La royauté des créatures : légende, infime comme du chènevis
Le Roi des rois, l'Éternel, est le seul Roi
Que je sais
Ô soleil infini, tes parcelles sont parlantes
Es-tu lumière de l'essence de Dieu, ou es-tu Dieu ?
Je ne sais
Des milliers d'âmes, tel Jacob, brûlent pour cette beauté
Pourquoi, ô beau Joseph, restes-tu dans ce puits ?
Je ne sais
Silence car à force de parler, tu es noyé dans la multiplicité
Tantôt gémissement, tantôt plainte, tantôt soupir…
Je ne sais
Un sortilège que j'ai bu m'a rendu ivre : je me tais
Distinguer entre l'ivresse inconsciente de la conscience
Je ne sais.
LAR, n° 1436.

« Métamorphoses »

Comment aurais-je pu savoir que cette passion
me rendrait fou ?
Qu'elle ferait de mon cœur un brasier et de mes deux yeux
un torrent ?
Comment aurais-je pu savoir qu'une crue soudain
m'emporterait
Et dans la mer rouge de sang, comme un navire
me jetterait ?
Qu'une vague heurterait le navire et planche par planche
le fendrait ?
En tourbillons variés, chaque planche ainsi
tomberait ?
Puis une baleine lèverait la tête et boirait l'eau
de cette mer
Une telle mer sans fin, deviendrait sèche
comme un désert
Et ce désert fendrait la baleine avaleuse d'océan
à son tour
Et dans son courroux, dans l'abîme, comme une damnée
l'entraînerait
Après ces métamorphoses, il ne resta ni mer
Ni désert
Que sais-je de ce qui fut ensuite ? Le comment s'est noyé
Dans le sans-comment
Il y a de nombreux que sais-je, mais je ne sais pas y
répondre
Car dans cette mer celui qui ferme les lèvres m'a fait goûter
une écume d'opium.

LAR, n° 1855.

De tous les poètes qui ont chanté l'amour, Rûmî est sans doute celui qui a le plus expérimenté et célébré l'union, par-delà la séparation. Dans nombre de poèmes, il évoque l'ivresse de recevoir l'Aimé dans le cœur et dans l'âme. La présence de l'Aimé déborde parfois même de l'amant au point que les identités se confondent et que, saisi par l'extase, le poète parle alors à la première personne, comme s'il était devenu lui-même l'Aimé et avait ainsi atteint à la fusion des essences.

« Toi et moi »

Bienheureux l'instant où nous serons assis à la terrasse, toi et moi
Deux images et deux formes, mais une seule âme
Toi et moi
Les bruissements des bosquets et le chant des oiseaux donneront l'eau de la vie
Lorsque nous entrerons ensemble au jardin
Toi et moi
Les étoiles du ciel viendront nous contempler
Et nous leur montrerons notre lune
Toi et moi
Toi et moi sans toi et moi serons réunis par la joie
Heureux et libérés des superstitions éparses
Toi et moi
Les perroquets célestes se régaleront de sucre
Lorsque nous rirons ensemble
Toi et moi
Le plus étrange, c'est que toi et moi soyons ici dans un petit coin

Alors que nous sommes l'un en Iraq et l'autre au Khorasan
Toi et moi
Une image sur cette terre et sous une autre forme
Au paradis éternel et au pays du sucre
Toi et moi.
LAR, n° 2214.

« Présent à ta présence »

Ô Toi qui es avec moi et caché comme le cœur
Je te salue du fond du cœur
Ô Toi qui es mon pôle, où que j'aille
C'est vers Toi que je me tourne
Où que tu sois, tu es présent
Et de loin en nous, tu regardes
Et le soir quand je dis ton nom
Toute la maison s'illumine
Tantôt, comme un faucon familier
Sur ton bras royal je me pose
Tantôt comme une tourterelle
Vers ton toit, à plumes déployées, je vole
Si tu es absent
Pourquoi me blesses-tu à chaque instant ?
Et si tu es présent
Pourquoi mon cœur est-il ton piège battant ?
Tu es loin du corps et pourtant
Il y a une lucarne qui va de ton cœur à mon cœur
Comme la lune, de cette lucarne dérobée
Je te fais signe
Tu nous envoies, ô Soleil, de loin
Ta lumière

Ô Toi, l'âme des exilés
À Toi, je soumets ma vie, mon âme
Le miroir de mon cœur
Pour Toi, je le polirai
Et pour recueillir les douces paroles
Mes oreilles se feront cahier

LAI, n° 1377.

«Nous»

Nous sommes le fléau de l'âme des amants
Nous ne sommes pas adeptes des maisons
Nous
Les imaginations reflétées dans ton cœur
Crois-tu que nous ne savons pas ce qu'elles sont
Nous ?
Ne sommes-nous pas les secrets des imaginations ?
Ne sommes-nous pas les cuiseurs des passions
Nous ?
Les cœurs auprès de nous sont des colombes
Chaque instant, nous les faisons voler dans une direction
Nous
Le corps demanda à l'âme de lui montrer un signe
L'âme dit : de la tête aux pieds, nous ne sommes que signe
Nous !
Regarde donc tes propres paroles
Que dans ta bouche nous installons
Nous
Chaque instant, te prenant par le bras
Dans le repos et la souffrance, nous t'emmenons
Nous

Tant que ta nature est de feu, d'eau et d'air
Nous te ferons goûter le vin de la terre
Nous
Puis c'est ta bouche que nous laverons
Et tu arriveras au lieu secret où nous sommes
Nous
Lorsque nous t'aurons emmené dans le caché
Alors tu verras comment nous sommes en vérité
Nous
Quand nous aurons effacé ta forme de la surface de la terre
Tu sauras que nous sommes les prodiges du temps
Nous
Où que tu regardes, tu ne verras plus le temps
Tu te vanteras alors : « nous sommes le non-espace
Nous ! »
Ton corps prendra la couleur de ton cœur
Et tu danseras, disant : « nous ne sommes qu'une âme
Nous ! »
Tu poseras ta lèvre sur la nôtre, sans lèvres
Et tu avoueras que nous avons la même langue
Nous
Ô Shams de la religion et Roi de Tabriz !
D'être ton serviteur a fait des rois
De nous !
LAR, n° 1552.

« Moi »

Oh oui, je suis sans couleur et sans signe moi !
Quand me verrai-je tel que je suis
moi !
Tu as dit : « Apporte ici les secrets ! »
Mais quels secrets dans cet ici où je suis
moi !
Quand mon esprit trouvera-t-il le repos
Esprit mobile, immobile que je suis
moi !
Mon océan s'est noyé en lui-même
Étonnant océan sans rivage que je suis
moi !
Ne me demande ni dans ce monde ni dans l'autre
Ces deux mondes se sont perdus dans le monde que je suis
moi !
Soumis à aucun bien, aucun mal, comme le néant
Merveille, je suis au-delà du bien et du mal
moi !
J'ai dit : « Ô mon âme, tu es comme ma vue. »
Il dit : « Qu'est-ce que la vue dans l'évidence où je suis
moi ! »
J'ai dit : « Tu es cela ! » Il dit : « Hélas, silence !
Quelle parole pourrait contenir cela que je suis
moi ! »
Je dis : « Puisque cela en parole ne se peut contenir
Me voilà, parleur sans parole
moi ! »

Comme la lune, dans l'annihilation, je perdis pied
Me voilà coureur sans pieds
moi !
Un appel se fit entendre : pourquoi cours-tu ? Regarde
Comme je suis apparent dans le caché
moi !
Parce que moi, j'ai vu Shams de Tabriz
Je suis l'océan rare et le trésor et la mine
moi !

LAI, n° 1759.

Quatrains

Le quatrain est la forme poétique la plus courte en littérature persane. Constitué de quatre hémistiches, il obéit à une esthétique du « saisissement ». Sa forme même capte avec la concision la plus extrême une idée qu'elle déploie avec un minimum de moyens et les images qui véhiculent l'idée y doivent être assez saisissantes pour frapper l'auditeur (ou le lecteur). Le quatrain est par excellence le poème du carpe diem *: il se donne comme une saisie de l'instant, l'instant de jouissance, d'ivresse, de vie ou, chez les auteurs spirituels, l'instant mystique [*vaqt*], cet instant d'éternité dans lequel l'Aimé apparaît enfin. Dans le quatrain, le poète manie aussi le paradoxe et la pointe comme moyens de créer un choc de la raison en même temps qu'une commotion émotionnelle qui doivent conduire celui qui reçoit le poème à une forme de connaissance tenant plus de la révélation que de la démonstration.*

Si la vie s'en va, qu'importe
Dieu donne une autre vie
Si passe la vie éphémère, qu'importe
Si vient la vie éternelle
L'amour est l'eau de la vie
Plonge dans cette eau
Chaque goutte de cet océan
Est en soi un océan de vie.

Q, *LAI*, n° 6.

Ô mon Ami, par l'amitié
Nous te sommes unis
Où que tu mettes le pied
Nous sommes la terre sous tes pieds
Dans la religion de l'amour
Est-il juste
Que je voie le monde à travers toi
Mais que toi, je ne te voie pas ?

Q, *LAI*, n° 14.

Dans ton âme il y a une âme
Cherche-la !
Dans le mont de ton corps, une perle
Trouve-la !
Ô soufi qui avance
Si tu cherches
Ne cherche pas hors de toi
En toi, cherche cela !

Q, *LAI*, n° 32.

Sais-tu ce que dit la mélodie de la vièle ?
Viens, suis-moi et trouve le chemin
Car c'est par l'erreur que tu trouves le bien
Et c'est par la question que tu trouves la réponse.

Q, *LAI*, n° 75.

Notre ivresse n'a nul besoin du vin
Et en notre assemblée
Nul besoin pour la joie
De lyre ou bien de vièle

Sans échanson, sans beau garçon
Sans musicien et sans vin
Nous sommes ivres et joyeux
D'une ivresse totale.

Q, *LAI*, n° 82.

La nuit est venue, étrange
Dans mon cœur, quelle est cette brûlure ?
Il me paraît, comme c'est étrange
Que c'est l'aube du jour
Dans les yeux de l'amour
N'ont de place ni la nuit ni le jour
Ils cousent les yeux, comme c'est étrange
Les yeux de l'amour.

Q, *LAR*, n° 90.

Dans mes yeux apparut
L'image de la perle à l'orient unique
Au moment où les larmes
Y perlaient d'abondance

Je dis comme en secret
À l'oreille des yeux :
« Notre hôte est très précieux
Verse encore de ce vin ! »

Q, *LAI*, n° 84.

Qu'est-ce qui fait ce plaisir contenu dans les formes ?
Qu'est-ce qui fait que sans lui se ternissent les formes ?
Cela qui un instant s'absente de la forme
Cela qui un instant y brille de l'invisible.

Q, *LAI*, n° 127.

Si l'Aimé m'écorchait la peau tout entier
Je ne crierais pas, ni dirais ce qu'il m'a fait
Tous me sont ennemis, mon seul ami, c'est Lui
Auprès des ennemis, on ne se plaint pas d'un ami

Te dire par des mots, c'est faire obstacle à la vision
Ô mon Aimé
L'éclat de ta face met un masque sur ton visage
Ô mon Aimé
Le souvenir de tes lèvres me prive de tes lèvres
Ô mon Aimé
Le souvenir de tes lèvres forme un voile sur tes lèvres

Q, *LAR*, n° 329.

Cette nuit, l'échanson
A versé le vin à foison
Il a pillé le cœur
Et emporté la foi

Tant de vin couleur rubis
Il a versé, qu'à la fin
Une tempête s'est levée
Qui a la raison ruiné.

Q, *LAI*, n° 524.

Lève-toi, ô jour
Que les atomes entrent dans la danse !
    Afin que de joie
    Sans pieds ni tête, les âmes entrent dans la danse
Celui pour l'amour de qui
Danse le firmament
    Je te dirai à l'oreille
    Où est le lieu de sa danse

Q, *LAR*, n° 702.

Sache avec certitude
Que les amants sont hors religion
Dans la religion de l'amour
Ni fidèle, ni infidèle
Dans l'amour il n'y a
Ni corps, ni raison, ni cœur, ni âme
Quiconque n'est pas comme ça
N'est pas comme ci !

Q, *LAI*, n° 768.

Tantôt je l'ai nommé vin
Tantôt coupe
Tantôt or mûr
Et tantôt argent pur
Tantôt graine et tantôt proie

Tantôt piège mais pourquoi ?
Tout cela justement
Pour ne pas dire son nom

Q, *LAI*, n° 1019.

Si tu es l'océan
Moi je suis ton poisson
Et si tu es la plaine
Moi, je suis ta gazelle
Souffle en moi
Je suis soumis à ton souffle
Moi, je suis ton hautbois,
Ton hautbois, ton hautbois…

Q, *LAI*, n° 1272.

Dans l'herbe verte je hume
Le parfum de ta bouche
Et je vois ta couleur
Dans la tulipe rouge
Et si cela n'est pas
Alors j'ouvre la bouche
Et puis je dis ton nom
Que je puisse l'entendre

Q, *LAI*, n° 1278.

J'ai hurlé, il m'a dit :
« Je te veux silencieux ! »
Puis quand j'ai fait silence :
« Je veux tes hurlements ! »
Je bouillonnais, il dit :
« Je te voudrais tout calme ! »

Et puis quand je fus calme :
« Je te veux bouillonnant ! »

Q, *LAI*, n° 1281.

Il y a une désunion semblable à l'union
Qui est bonheur
Par la mort du corps
S'éclaire la lampe du cœur
Du rire de l'éclair
Le nuage se met en pleurs.
Et quand le nuage pleure
Le jardin se met à rire

Q, *LAR*, n° 1604.

Tu n'es ni eau, ni terre
Tu es autre
Tu voyages
Hors de ce monde d'eau et de boue
Le corps est un ruisseau
Et l'âme en elle l'eau de la vie
Là où tu es Rien de cela n'est

Q, *LAI*, n° 1782.

Ô chant de la vièle
D'où viens-tu ?
Tu es rempli de feu
De troubles et de tumultes
Tu es l'espion des cœurs
Et messager de ce désert-là
Tout ce que tu dis
C'est le secret du cœur

Q, *LAI*, n° 1945.

Le *Masnavî*

Si tu es assoiffé de l'océan de l'âme
Arrête-toi un moment dans l'île Masnavî

Masnavî, VI, 68.

Œuvre poétique de plus de 25 000 distiques, considérée comme « le Coran spirituel en langue persane », le Masnavî *est l'*Opus magnum *de Rûmî. Dans cette œuvre écrite à la demande de son disciple préféré Hosâm al-dîn Tchalabî, il a rassemblé sa pensée, ses expériences spirituelles et son enseignement. Ce Hosâm al-dîn est d'ailleurs souvent cité dans le texte comme l'inspirateur de l'œuvre, lui qui fut le dernier compagnon spirituel du maître et qui écrivait de sa belle écriture les vers que Rûmî, en proie à l'inspiration, lui dictait. Le titre ne désigne rien d'autre qu'un genre poétique persan : un* masnavî *est un poème à mètre unique, de longueur tout à fait variable, et dont la rime est interne à l'hémistiche de chaque distique. C'est dans ce genre, qui donne une grande liberté au poète, que furent composés les grands romans en vers (profanes ou mystiques, romans d'amour ou récits épiques) de la littérature persane. L'œuvre de Rûmî, désignée aussi quelquefois comme* masnavî-yé ma'navî *(« le* masnavî *spirituel ») est donc le* masnavî *par excellence, et pourrait être désigné en français sous le titre « Le roman de l'âme ». Contrairement à d'autres auteurs (même ceux qui lui ont servi de modèle), Rûmî n'a pas choisi de donner à son œuvre un récit cadre. Le* Masnavî *est une œuvre composite faite d'une succession d'histoires qui s'emboîtent quelquefois les unes dans les autres, de passages lyriques, philosophiques, contemplatifs ou didactiques. On y rencontre toutes sortes de personnages et de paysages : des fous, des sages, des animaux domestiques ou exotiques, des saints, des enfants, des femmes lubriques, des pédérastes, des prophètes, des marchands, des rois, des esclaves… Ce qui fait l'unité de l'œuvre, c'est qu'elle est un enseignement spirituel. Elle se veut un viatique, une lumière pour tous ceux qui cheminent, quelle que soit leur station spirituelle. Elle invite le lecteur à cheminer précisément, cheminer vers lui-même, vers Dieu, vers la vérité, vers l'amour. C'est un livre de sagesse écrit dans une langue vivante et passionnée, un enseignement qui se livre dans des histoires savoureuses. C'est, comme le dit son auteur dans son introduction, une œuvre inspirée par Dieu à l'instar du Coran, c'est « la quintessence de la quintessence de la quintessence de la religion », une « lumière », un « remède », un « paradis pour le cœur ».*

Le Masnavî *de Rûmî s'ouvre sur le « chant du* ney *» [*neynâmeh*]. La flûte de roseau [*ney*] prend la parole et enjoint ses auditeurs d'écouter sa complainte. Rûmî a ici recours à un double procédé littéraire puisque d'une part, la flûte est personnifiée, et d'autre part, elle devient métaphore du poète lui-même dont la voix se* *confond avec les accents déchirants de cet instrument éminemment nostalgique. Le thème est celui de l'exil, de la nostalgie de la patrie d'origine et de l'amour-désir qui est la conséquence de l'arrachement originel. Ainsi placé en ouverture, le « chant du* ney *» indique ce que sera l'œuvre à venir : le roman de l'âme qui, exilée dans le monde matériel, arrachée à son origine, séparée de l'Aimé, à jamais nostalgique de sa Présence, n'aura de cesse de remonter vers sa patrie céleste. Ce mouvement de remontée, c'est précisément le mouvement du désir, et l'amour en est l'accomplissement.*

Écoute la flûte de roseau, écoute sa plainte
Des séparations, elle dit la complainte :
Depuis que de la roselière, on m'a coupée
En écoutant mes cris, hommes et femmes ont pleuré
Pour dire la douleur du désir sans fin
Il me faut des poitrines lacérées de chagrin
Ceux qui restent éloignés de leur origine
Attendent ardemment d'être enfin réunis
Moi, j'ai chanté ma plainte auprès de tous
Unie aux gens heureux, aux malheureux, à tous
Chacun à son idée a cru être mon ami
Mais personne n'a cherché le secret de mon âme
Mon secret pourtant n'est pas loin de ma plainte
Mais l'œil ne voit pas et l'oreille est éteinte
Le corps n'est pas caché à l'âme ni l'âme au corps
Ce sont les yeux de l'âme seuls qui pourraient le voir
Le chant de cette flûte, c'est du feu, non du vent
Quiconque n'a pas ce feu, qu'il devienne néant !
C'est le feu de l'amour qui en elle est tombé

Et si le vin bouillonne, c'est d'amour qu'il le fait
La flûte est la compagne des esseulés d'amour
Et nos voiles, par ses notes, connaissent la déchirure
La flûte est le poison et l'antidote aussi
Elle est l'amant, elle est l'Aimé, elle est ainsi
La flûte dit le récit du chemin plein de sang
Et les histoires des fous d'amour et des amants
Il faut avoir perdu la raison pour comprendre
Mais la langue n'a que l'oreille comme cliente
En ce chagrin brûlant, nos jours se sont perdus
Les jours sont devenus compagnons des brûlures
Voyant que les jours passent, dis : « Qu'ai-je à craindre ?
Reste, toi, qui n'a pas d'égal en pureté ! »
Son eau vient à suffire si on n'est pas poisson,
Si on n'a pas de pain, les jours semblent plus longs
Un immature ne peut saisir l'état du mûr
Il ne faut plus rien dire alors, il faut se taire !
Défais tes liens, sois libre, ô mon fils ! Jusqu'à quand
Resteras-tu prisonnier de l'or et de l'argent ?
Si tu verses l'océan dans une seule cruche
Tu n'emporteras de l'eau que pour une journée !
La cruche des yeux avides reste vide à jamais
Tant qu'elle n'est pas contente, l'huître n'a pas de perles
Mais quiconque par amour a sa robe déchirée
De toute avidité, il sera purifié
Sois heureux, mon amour, si loyal en affaires
Ô médecin de mon âme et de toute misère !
Remède de mon orgueil et de ma vanité
Toi qui es mon Platon, mon Galien bien-aimé
Par amour le corps-terre a volé vers le ciel
Et la montagne, agile, s'est mise à danser

L'amour devint l'âme du Sinaï enivré
Voyant la montagne, *Moïse tomba foudroyé*[1]
Si je trouvais des lèvres auxquelles m'accorder
Comme la flûte de roseau comme je saurais parler !
Séparé de celui qui parle la même langue
Même si on a cent mélodies, on perd sa langue
Une fois la fleur partie et la roseraie passée
L'histoire du rossignol ne sera plus contée
Le Bien-Aimé est tout et l'amant n'est qu'un voile
Le Vivant, c'est l'Aimé et l'amant n'est qu'un mort
Si jamais l'amour ne se soucie plus de lui
Il est comme un oiseau déplumé, hélas pour lui !
C'est l'amour qui veut qu'éclate cette parole
Si le miroir ne reflète rien, à quoi sert-il ?
Sais-tu pourquoi ton miroir ne reflète rien ?
Parce que sur sa surface, tu n'as pas poli la rouille

M, I, 1-34 (dans *Rûmî*, *op. cit.*).

Le récit qui suit est la première histoire du Masnavî *et, à bien des égards, il est emblématique de ce que Rûmî pense de l'expérience de l'amour, sa centralité, son importance dans le cheminement spirituel. Il indique clairement ici*

1. Allusion à l'histoire de Moïse telle qu'elle est rapportée dans le Coran (VII, 143) : « Lorsque Moïse vint à Notre rencontre et que son Seigneur lui eut adressé la parole, il dit : "Seigneur, montre-Toi à moi pour que je Te voie !" "Non, tu ne Me verras pas, répliqua le Seigneur. Mais regarde plutôt la montagne. Si elle reste immobile à sa place, tu pourras alors Me voir." Et lorsque son Seigneur se manifesta à la montagne, Il la réduisit en poussière, et Moïse tomba foudroyé » (in *Le Noble Coran*, *op. cit.*).

que ce qui importe, c'est l'expérience de l'amour, quel qu'en soit l'objet. Tout amour finit par mener à l'Aimé véritable. Les personnages du récit représentent des instances spirituelles. On peut voir dans le Roi, l'esclave et l'orfèvre différents aspects du soi. Le Roi, c'est le moi qui est amoureux de sa propre âme (l'esclave d'une beauté sans pareille) ; cette âme est descendue dans le monde où elle est réduite en esclavage, et où elle va tomber malade parce qu'elle va tomber amoureuse.

Le Roi est donc amoureux de l'esclave, qui est amoureuse de l'orfèvre, qui, lui, est amoureux des biens terrestres, et tous finissent par comprendre qu'ils se sont trompés d'objet et qu'il faut mourir aux désirs charnels et à soi-même pour atteindre au véritable Amour. Quant au médecin qui opère une véritable analyse de l'âme de la jeune esclave (c'est là l'une des premières représentations littéraires d'une séance de psychanalyse !), c'est le médecin de l'âme, le guide spirituel, le Maître. Une telle lecture permet de rendre compte de l'apparente cruauté du médecin qui fait mourir l'orfèvre. Car il ne s'agit alors pas d'un meurtre mais d'une mort à soi-même. Dans la quête, cette mort à soi est l'œuvre alchimique de l'amour.

« Comment un Roi tomba amoureux d'une esclave qui tomba malade et les dispositions qu'il prit concernant sa santé. »

Ô mes amis, oyez donc cette histoire
Qui est en vérité le récit de nos vies
Il y avait un Roi aux temps jadis
Qui avait pouvoirs temporel et spirituel

Un jour que le Roi chassait à cheval
Accompagné de ses proches compagnons
Il aperçut en chemin une jeune esclave
Et d'elle, l'esclave, le Roi devint esclave
Son âme, cet oiseau
Se mit à battre dans sa cage
Et le Roi paya
Pour acheter cette beauté
Mais une fois qu'il l'eut achetée
Et comblé son désir
La destinée voulut
Qu'elle tombât malade
C'était comme l'histoire
De celui qui avait un âne
Et pas de selle
Et dont le loup dévora l'âne
Une fois qu'il eut la selle
Ou comme celui qui avait une cruche
Mais ne trouvait pas l'eau
Et dont la cruche se brisa
Une fois qu'il eut trouvé l'eau
Le Roi rassembla donc
Des médecins de toutes parts
Et leur dit : « Sachez que dans vos mains
Vous tenez nos deux vies
La mienne n'est rien
Mais elle est, elle, la vie de ma vie
Je suis souffrant et blessé
Mon remède, c'est elle
Quiconque guérira
Ma vie, mon âme

Recevra le sésame
De mon trésor et des joyaux »
Et tous répondirent :
« Nous donnerons corps et âme
Et rassemblant nos connaissances
Nous chercherons ensemble
Nous sommes chacun
Un Messie reconnu
Pour chaque souffrance
Nous disposons d'un remède »
Arrogants, ils omirent
De dire : « Si Dieu le veut »
Alors Dieu leur montra
L'impuissance des hommes
J'entends par « omission »
La dureté de leur cœur
Et non juste des mots
Qui ne sont qu'un moyen
Beaucoup ne disent pas
Les mots de cette formule
Mais leur esprit fait un
Avec l'esprit des mots
Ils eurent beau appliquer
Des soins et des remèdes
Le mal croissait sans cesse
Et le but restait hors d'atteinte
De plus en plus malade
Elle devint mince comme un cheveu
Et les yeux du Roi
Versaient des larmes de sang
Par décret du destin

L'oxymel accroissait la bile
Et l'huile d'amande
Augmentait la sécheresse
Le myrobolan produisait
Une constipation durable
Et l'eau au lieu d'apaiser
Était comme de l'huile sur le feu

« L'impuissance des médecins à guérir la jeune esclave étant avérée, le Roi se tourne vers Dieu et voit en rêve un ami de Dieu. »

Lorsque le Roi vit
L'impuissance des médecins
Il courut pieds nus
Jusqu'à la mosquée
Une fois là, il alla
Dans la niche de prière
Et la tête prosternée
Il la mouilla de ses larmes
Lorsqu'il revint à lui
Du tourbillon du néant
Il se mit à parler
En louanges et en prières :
« Ô Toi dont le don le plus infime
Est le royaume de la Terre
Que Te dirais-je ?
À Toi qui connais les secrets
Ô Toi qui es toujours
Le réceptacle de nos demandes
Encore une fois

Nous nous sommes fourvoyés
Mais Tu l'as dit Toi-même :
"Bien que Je sache tes secrets
Empresse-toi de leur donner
Forme apparente" »
Une fois qu'il eut crié
Du tréfonds de son âme
La mer de magnanimité
Se mit à bouillonner
Au milieu de ses pleurs
Le sommeil le surprit
Et il vit en rêve
Un sage vieillard se montrer à lui
Disant : « Bonne nouvelle
Ô Roi, ton vœu est exaucé !
Si demain vient à toi
Un étranger
Il est notre envoyé
Il viendra à toi
En médecin compétent
Sache qu'il est sincère
Tu peux lui faire confiance
Dans ses remèdes, vois
Une pure magie
Dans sa nature, observe
La puissance de Dieu »
Quand le jour se leva
Sur le Jour J
Que le soleil par l'ouest
Éclipsa les étoiles
Le Roi montait la garde

Sur la tour de garde
Afin de voir de loin
Apparaître le secret
Qu'on lui avait montré
Il vit venir un sage
Tout pétri de sciences
Un soleil enveloppé
Au beau milieu d'une ombre
Il arrivait de loin
Comme un croissant de lune
Il était et il n'était pas
Comme un être imaginaire
Dans l'esprit, l'imaginaire
Est comme rien
Mais toi, vois comme l'imaginaire
Fait se mouvoir un monde :
Leurs paix et leurs guerres
Se fondent sur l'imaginaire
Leur gloire comme leur misère
Viennent de l'imaginaire
Mais les imaginaires
Qui sont les pièges des saints
Sont les images des beautés
Qui ornent le jardin de Dieu
L'image que le Roi
Avait vue en rêve
Il la vit apparaître
Dans la face de son hôte
Et le Roi alla à sa rencontre
À la place des chambellans
Il s'empressa auprès de lui

L'hôte secret de la nuit
Tous deux des océans
Ils surent se reconnaître
Sans cordes, ils amarrèrent
Leurs âmes l'une à l'autre
Le Roi dit : « Mon amour
C'était Toi et non elle
Mais chaque chose en ce monde
A besoin de moyen
Ô Toi mon Mohammad
Pour qui je suis 'Omar[1]
Toujours prêt au service »

« Prière à Dieu, Lui qui exauce tous les vœux, pour qu'Il nous fasse la grâce de toujours respecter le savoir-vivre spirituel, et évocation de la gravité des conséquences de l'irrévérence. »

Nous demandons à Dieu la grâce
De toujours respecter le juste savoir-vivre
Car quiconque en est dénué
Est aussi privé de la grâce divine
Celui-là non seulement
Fait du mal à lui-même
Mais met aussi le feu
Aux quatre coins de l'univers
Ainsi lorsque la manne
Fut envoyée du ciel

1. Compagnon du prophète Mohammad qui devint le deuxième calife après lui et dont il était réputé être un serviteur indéfectible.

Sans aucune demande
Sans un prix à payer
Parmi le peuple de Moïse
Certains, dénués de savoir-vivre
Demandèrent :
« Et les lentilles et l'ail, alors ? »
Ainsi la nappe du ciel
S'en trouva refermée
Et il ne resta plus qu'à travailler
La terre avec pelles et faucilles
Puis à nouveau Jésus
Se fit intercesseur et Dieu
Ouvrit la nappe
Et donna ses bienfaits sur un plateau
À nouveau les effrontés
Oubliant les manières
Comme des miséreux
Ramassèrent les miettes
Jésus s'en plaignit leur disant :
« Mais ces bienfaits sont infinis
Et permanents sur la Terre
Le doute et l'avidité
Devant les dons généreux de Dieu
Sont purs blasphèmes »
Ainsi à cause de ces miséreux
Aveuglés par la cupidité
La porte de la grâce
À nouveau s'est fermée
Ne pas s'acquitter de l'aumône
Retient la pluie
Et la fornication

Abat la peste sur le monde entier
Toutes ténèbres et tout chagrin
Qui te viennent
Proviennent de l'irrévérence
Et de cette effronterie éhontée
Quiconque se montre effronté
Dans la voie de l'Aimé
Vole tous les humains et devient
Indigne du nom d'humain
Par le savoir-vivre, les cieux
Se remplissent de lumière
Par le savoir-vivre
Les anges devinrent purs
L'effronterie mène à l'éclipse
Du soleil
Et Lucifer par ce mal
Fut chassé du grand seuil

« Le Roi rencontre l'Ami de Dieu qu'on lui a fait voir en rêve. »

Le Roi ouvrit les bras
Et enlaça son hôte
Comme l'amour même
Il le prit en son cœur
Le reçut en son âme
Lui embrassant les mains
Et lui baisant le front
Il l'interrogea sur la voie
Et sur les stations
Ainsi le questionnant

Il le plaça sur le trône royal
Disant : « J'ai trouvé un trésor
Comme fruit de ma patience
Ô Toi, lumière du Vrai
Protection contre toute affliction
Toi, le sens caché de la maxime :
"La patience est la clé
Qui ouvre les portes de la joie"
Toi qu'il suffit de voir
Comme réponse à toute question
Toi qui ouvres les nœuds
Sans bruit et sans fureur
Toi, l'interprète
De ce que j'ai dans le cœur
Tu prends par la main
Ceux qui ont les pieds dans la boue
Salut à toi, ô l'Élu,
Toi que Dieu agrée
Si tu t'occultes
Le destin nous frappera
Et l'univers en sera suffoqué
Tu es le maître de notre peuple
Quiconque ne te désire pas
Sera anéanti s'il ne se retient pas »
Il lui fit donc fête
Et après le festin, le prit par la main
Et le mena jusqu'au harem

« Le Roi emmène le médecin au chevet de la malade. »

Il lui conta le récit de la malade
Et de sa maladie
Puis au chevet de l'Aimée souffrante
Il le mena
Celui-ci constata sa pâleur
Et prit son pouls
Regarda les symptômes
Et entendit les causes
« Tous les remèdes donnés
Dit-il
N'ont pas restauré
Mais détruit la santé
Ils n'ont rien su
De son état intérieur
Que Dieu nous garde
De leurs diagnostics erronés ! »
Il vit la douleur
Et en perçut le secret
Mais n'en dit rien au Roi
Sa maladie ne venait pas
De la bile jaune ou noire
L'odeur de chaque bois
Se sent dans sa fumée
Dans le mal qui la rongeait
Il vit le cœur en jeu
Le corps allait très bien
Le mal tenait le cœur
Aucune maladie
N'est comme

Le mal d'amour
La maladie d'amour
Est un mal bien à part
Car l'amour est l'astrolabe
Des secrets de Dieu
Qu'il soit d'ici-bas ou de là-bas
L'amour au bout du compte
Nous guide vers l'autre côté
Quoi que je dise
Pour définir l'amour
Quand j'arrive à l'amour
Je ne sais plus quoi dire
Bien que les mots qu'on dit
Éclaircissent les choses
L'amour pourtant
Sans parole est plus clair
Alors que la plume
Se pressait pour écrire
Arrivée à l'amour
En deux elle s'est brisée
Voulant la définir, la raison
Comme un âne
S'endormit dans la boue
Seul l'amour peut dire
Ce que c'est que l'amour
Le soleil est lui-même
La preuve du soleil
Si tu cherches la preuve
Ne détourne pas le regard
Si l'ombre est un signe
Du soleil éclatant

Le soleil lui-même
Éclaire l'âme à chaque instant
Comme une causerie du soir
L'ombre te mène au sommeil
Mais quand se lève le soleil
Alors, la lune se fend
Il n'y a rien au monde
De si extraordinaire que le soleil
Le soleil de l'âme éternelle
Qui n'a pas de passé
Car le soleil visible
Même s'il est unique
On peut imaginer
Des semblables à lui
Mais le soleil qui a fait
Être l'éther
N'a son pareil ni dans le visible
Ni dans l'esprit
Comment son essence
Prendrait place dans l'imaginaire ?
Pour que l'on puisse
Imaginer son pareil ?

« L'Envoyé de Dieu demande au Roi de le laisser seul avec l'esclave afin qu'il puisse déterminer le mal dont elle souffre. »

Le Médecin dit au Roi :
« Vide donc la maison
Éloigne tout le monde
Les familiers et les autres

Que personne dans les couloirs
Ne puisse prêter l'oreille
Afin que je puisse poser
Toute sorte de questions à l'esclave »
La maison fut vidée
Il ne resta personne
À part le médecin
Et sa jeune patiente
Il lui demanda doucement :
« Quelle est ta ville ?
Car pour les habitants de chaque ville
Le remède est spécifique
Et dans ta ville natale
Quels proches as-tu laissés ?
Qui est ton familier ?
À qui es-tu attachée ? »
Tenant la main sur son pouls
Question après question
Il lui demandait
De lui dire son destin
Lorsqu'on a une épine
Enfoncée dans le pied
On le pose sur son genou
Pour bien regarder
Puis avec une tête d'aiguille
On se met à chercher
Si cela ne marche pas
On humecte le pied
Vois comme c'est difficile
De trouver une épine dans le pied
Et imagine alors ce qu'est

Une épine dans le cœur !
Si n'importe qui pouvait
Détecter l'épine dans le cœur
Alors comment le chagrin
Pourrait prendre dans le cœur des gens ?
C'est comme quand quelqu'un
Met une épine sous la queue d'un âne
Ne sachant que faire
L'âne saute en tous sens
Et ce faisant
L'enfonce plus avant
Il faudrait un sage
Pour enlever l'épine
Car l'âne pour s'en débarrasser
Tant elle le pique et brûle
N'aura que des ruades
Se blessant de toute part
Le médecin des âmes
Maître en retrait d'épine
En imposant les mains
Explorait chaque endroit
Et demandait à sa patiente
Comme juste pour l'histoire
De lui parler de ses amis
Et elle lui parlait
Avec toute franchise
De sa ville, de ses habitants
De toutes sortes
Et de sa manière de vivre
Et lui, il l'écoutait
Raconter ses histoires

En restant attentif
Aux mouvements de son pouls :
En évoquant quel nom
Ce pouls s'affolerait ?
Cela lui révélerait
Qui était en ce monde
L'objet de son amour
Ainsi parla-t-elle des amis
Qu'elle avait dans sa ville
Puis évoqua une autre ville
Il demanda : « Une fois partie
De ta ville natale
En quel lieu es-tu
Le plus longtemps restée ? »
Elle nomma une ville
Et puis elle passa
Sans changer de couleur
Sans que son pouls s'affole
Un à un elle nomma
Les cités et leurs notables
Elle évoqua les lieux
Et ce qu'on y mangeait
Ville après ville
Demeure après demeure
Et ni son visage ne pâlit
Ni son pouls ne s'affola
Il restait calme et stable
Jusqu'à ce qu'il l'interroge
Sur Samarkand, la douce
Là, son pouls s'affola
Elle rougit, elle pâlit

Et de tout Samarkand
Un orfèvre se détacha
Ainsi ayant découvert
Le secret de l'esclave
Le médecin connut son mal
Et l'origine de sa souffrance
Et demanda: « Où habite cet homme ? »
Elle répondit qu'il vivait
Près du pont, dans la rue Ghâtfar
Alors il lui dit:
« Je connais ta douleur
Sache que pour te guérir
Je saurai mettre en œuvre
Les ressorts de ma magie
Sois heureuse, tu seras libérée
Et en sécurité
Car je serai pour toi
Comme la pluie pour les plantes
J'étancherai ton chagrin
Toi, n'aie pas de chagrin
Je suis pour toi plus bienveillant
Que cent pères
Mais chut ! Ce secret
Ne le dis à personne
Même si le Roi te pose
Mille et une questions
Si ton cœur se fait
Le tombeau de ton secret
Plus vite encore
Ton vœu sera exaucé
Car le Prophète a dit:

“Quiconque garde le secret
Arrivera bien vite à l’union
Avec son Bien-Aimé”
C’est lorsque la graine
Se cache dans la terre
Que son secret devient
Verdoyance du jardin
Et si l’or et l’argent
Ne s’étaient pas cachés
Comment seraient-ils nés
Au creux même de la mine ? »
Les promesses et les bontés
Du médecin habile
Firent que la patiente
Apprit à ne plus craindre
Oui, les promesses vraies
Sont si douces à entendre
Quand les fausses promesses
Ne font que croître l’angoisse
Les promesses des magnanimes
Sont un trésor en marche
Quand les promesses des êtres vils
Ne sont que du chagrin en chemin

« Où l’Envoyé de Dieu explique le mal au Roi. »

Après cela, il se leva
Et se rendit auprès du Roi
Qu’il n’éclaira de ce qui se passait
Que d’un strict minimum
Il dit : « Ce qu’il faut faire

C’est faire venir cet homme
Afin de la guérir
De ce mal qui la ronge
Fais donc mander l’orfèvre
De sa cité lointaine
En le flattant avec de l’or
Et des robes d’honneur »
Ayant bien écouté
Les conseils du médecin
Le Roi de tout son cœur
Décida de les appliquer

« Le Roi envoie des messagers à Samarkand pour mander l’orfèvre. »

Il envoya là-bas
Deux messagers
Hommes habiles, compétents
Et dignes de confiance
Ils arrivèrent donc à Samarkand
Trouvèrent l’orfèvre
Et lui annoncèrent
La bonne nouvelle :
« Ô toi, maître excellent
Et parfait en ton art !
Dans toutes les cités
S’est répandue ta renommée
Et c’est ainsi que ce Roi
T’appelle à sa présence
Pour être son orfèvre
Car tu es le meilleur

Prends donc ces robes d'honneur
Cet or et cet argent
Si tu viens avec nous
Tu seras auprès du Roi
Parmi ses proches compagnons »
En voyant tous ces biens
Et ces robes d'honneur
L'homme s'enorgueillit
Il quitta son pays
Et même ses enfants
Il se mit donc en route
Joyeux et content
Ignorant que le Roi
En voulait à sa vie
Sur son coursier arabe
Il galopait heureux
Ignorant que ces honneurs
Étaient le prix du sang
Le voilà donc parti
Tout content et tout fier
Et de son propre gré
Vers son destin fatal
S'imaginant déjà recevoir
La fortune, les honneurs et la gloire
Mais l'ange de la mort disait :
« Oui, va ! Tu auras tout cela »
Une fois arrivé
Cet étranger fut conduit
Près du Roi par le médecin
On le mena auprès du Roi
Avec force respect

Pour qu'il tombe dans le piège
De la fatale beauté
Lorsque le Roi le vit
Il lui fit bon accueil
Et lui offrit de l'or
De son royal Trésor
«Roi magnanime
Dit alors le médecin
Donne donc ton esclave
À ce très bel orfèvre
Afin qu'elle jouisse
D'être auprès de lui
Et que l'eau de l'union
Apaise le feu du désir»
Le Roi lui offrit donc
La belle au visage de lune
Et les unit tous deux
Assoiffés l'un de l'autre
Six mois durant
Ils coulèrent des jours heureux
Jusqu'à ce que la jeune femme
Recouvre toute sa santé
Puis on concocta un poison
Pour le jeune marié
Et ce poison jour après jour
Le brûlait de l'intérieur
Il en souffrait tellement
Qu'il perdit sa beauté
Et du coup, la jeune fille
En perdit tout désir
Il en devint si laid, si malade

Et si pâle
Qu'en son cœur peu à peu
Elle sentit un grand froid
Car il en va ainsi
Des amours d'apparences
Loin d'être de l'amour
Elles ne sont que disgrâce
Ah, si seulement
On le savait dès le début !
On ne ferait pas
Ces erreurs de jugement
Des yeux de l'orfèvre
Coulaient des larmes de sang
Et son visage devint
Ennemi de son âme
Comme pour le paon
Son plumage qui lui nuit
Comme bien des rois
Que tue leur propre gloire
« Je suis comme la gazelle, dit-il
Pour le musc de mon ombilic
Le chasseur a versé
Mon sang pur
Je suis semblable
Au renard du désert
Dont on coupe la tête
Pour lui prendre sa fourrure
Je suis comme l'éléphant
Blessé sauvagement
Dont on verse le sang
Pour obtenir l'ivoire

Celui qui m'a tué
Pour une partie de moi
Ne sait-il donc pas
Que mon sang criera vengeance
Ce qu'ils me font subir
Leur adviendra demain
Comment se peut-il
Que se taise un sang comme le mien
Il arrive qu'un mur
Ait une ombre fort longue
Mais l'ombre au bout du compte
Lui reviendra toujours
Ce monde est une montagne
Et nos actes sont des cris
Et ces cris nous reviennent
Comme dans un écho »
Ainsi parla-t-il et aussitôt
Il fut mort et enterré
Et la belle esclave fut purifiée
De l'amour et de la douleur
Car l'amour des morts
Jamais ne dure
Et parce que les morts
Ne nous reviennent pas
Pourtant l'amour vivant
Dans l'esprit et la vue
Sera à chaque instant
Plus frais que le bouton
Choisis donc un amour
Vivant et éternel
Qui verse dans ta coupe

Le vin qui donne vie
Choisis d'aimer celui
Qu'ont élu les prophètes
Car cet amour-là
Était toute leur fortune
Ne dis pas qu'il n'est pas
Possible de voir le Roi
Car rien n'est difficile
Avec les magnanimes

M, I, 35-222.

Dans le passage suivant, l'accent est mis d'abord sur l'importance de l'absorption dans la présence de l'Aimé(e) et ensuite sur la nécessité du désir pour que l'amour reste une expérience dynamique. Il ne convient pas de mettre l'Aimé(e) à distance en parlant en sa présence (fût-ce de lui) et il ne convient pas non plus de rechercher des « états » particuliers, états d'extase, de vision ou de jouissance. Bien qu'habituellement, on dit du soufi qu'il est « fils de l'instant », c'est-à-dire dans un état de réceptivité pure par rapport aux états qui lui sont octroyés, Rûmî invite ici à dépasser ce stade en restant sans cesse dans le désir, ne s'arrêtant à aucun état, aucune station, laissant ouvert l'horizon de l'expérience spirituelle.

« Histoire de l'amant absorbé par la lecture et l'étude d'un texte sur l'amour en présence de l'Aimée, et comment celle-ci lui en fit reproche en disant : "Il est honteux de chercher la preuve en présence de ce qui est prouvé et blâmable d'être absorbé par la connaissance après être parvenu à l'union avec ce qui est connu." »

Une Bien-Aimée un jour fit asseoir auprès d'elle
Son amant qui, alors, lui lut à haute voix
Un écrit sur l'amour tout rempli de poèmes
De louanges, de souffrances, de complaintes suppliantes
La Bien-Aimée lui dit : « Si cela est pour moi
Sache qu'au temps de l'union, c'est là perdre son temps !
Moi, je suis là, présente, tout à côté de toi
Et toi, tu lis un texte ! Ce n'est pas là, je crois
La marque des vrais amants que d'agir de la sorte ! »
Il répondit : « Je sais que tu es bien présente
Mais je ne parviens plus à être satisfait
Ce que je recevais de toi l'année dernière
N'est plus en cet instant, bien que je voie l'union
J'ai bu à cette source une eau pure, vivifiante
Qui m'a ranimé l'âme tout autant que mes yeux
Je vois encore ici la source mais l'eau n'est plus
Quelque brigand peut-être l'a détournée de moi ! »
« Alors je ne suis plus ton Aimée, lui dit-elle,
Je suis à l'occident, ton désir à l'orient !
Tu m'aimes mais surtout, tu aimes l'état d'amour
Et cet état n'est pas entre tes mains, l'ami !
Ainsi, je ne suis pas ton amour tout entier
Je ne suis que partie de l'objet de ta quête
Je ne suis pas pour toi l'Aimée mais sa maison
L'amour va à l'argent, bien sûr, et non au coffre ! »
Le véritable Aimé est unique et entier
Il est ton commencement et Il est ta fin
Une fois que tu L'as atteint, tu n'attends plus rien
Lui, qui est à la fois manifeste et caché
Maître des états, au-delà de tout état

Les mois et les années sont esclaves de cette lune
Ses paroles sont des ordres qui commandent les « états »
Quand Il veut, Il insuffle la vie à un corps
Qui dépend des états ne peut être la fin
Il reste là assis, en attendant « l'état »
Or, la main de l'Aimé détient cette alchimie
Qui commande aux états et rend ivre le cuivre
S'Il le veut, la mort même devient une douceur
Et les épines aussi se font roses et narcisses
C'est l'homme qui varie et dépend des états
Tantôt plus, tantôt moins, c'est bien là son état
On dit que le soufi est le fils de l'instant[1]
Mais qui est pur[2] est libre des instants, des états
Les états, les instants tiennent à Son jugement
Et vivent seulement de Son souffle christique
« Si ce que tu recherches, c'est d'avoir des "états"
Alors cela veut dire que tu ne m'aimes pas
Et que c'est seulement par amour des "états"
Que tu dis me vouloir, que tu t'attaches à moi »
Ce qui est tantôt parfait, tantôt imparfait
Ne peut être adoré, Abraham le savait
Qui refusa pour dieu les astres qui disparaissent[3]

1. L'expression *ebn ol-vaqt* (« fils de l'instant ») est une expression consacrée qui signifie que le soufi est soumis aux états qui lui sont octroyés selon les moments, états qui peuvent changer d'instant en instant selon la volonté de Dieu. Tel qu'il est évoqué ici, l'« instant » qu'expérimente le mystique est aussi un « état » d'union extatique, mais qui ne dure pas et n'est pas encore une absorption permanente dans la contemplation.

2. Jeu de mots entre *soufî* et *sâfî* (« pur »).

3. Allusion au verset 76 de la sourate VI du Coran et au récit selon lequel Abraham refusa de se prosterner devant le soleil, la lune et les

« Je n'aime pas, dit-il, tout ce qui disparaît. »
Ce qui change d'état ne peut être l'Aimé
Ce qui est tantôt bon et tantôt ne l'est pas
À un moment de l'eau et ensuite du feu
Peut-être est la maison de la lune, pas la Lune
Un portrait de l'Aimé mais privé de conscience
Le soufi, fils de l'instant, cherche la pureté
Et il serre l'instant dans ses bras comme son père
Mais celui qui a su purifier son âme
Est noyé dans l'amour de la Lumière de gloire
Il n'est fils de personne, libéré des instants
Tout immergé dans la Lumière inengendrée
Seul Dieu « n'engendre pas et n'est pas engendré[1] »
Va, cherche un tel amour si tu es bien vivant
Sinon, tu n'es qu'esclave des instants changeants
Ne regarde pas ta propre forme, belle ou laide
Regarde l'Amour et l'objet de ton désir !
Ne regarde pas ta faiblesse et ta misère
Mais la noble grandeur de ton aspiration !
Quel que soit ton état, entre dans le désir !
Tu as les lèvres sèches, cherche l'eau, cherche l'eau !
Ce sont tes lèvres sèches qui portent témoignage
De ce qu'un jour enfin, tu atteindras la source
Ces mêmes lèvres sèches sont un message de l'eau :
« Ce désir angoissé te mènera à nous ! »
Car ce désir en toi est une dynamique
Un mouvement béni, qui dans la voie du Vrai

étoiles, parce qu'il ne voulait pas d'un dieu « qui disparaisse » et qui donc change d'état.

1. Coran, CXII, 3, in *Le Noble Coran*, *op. cit.*

Détruit tous les obstacles, ouvre toutes les portes
C'est ton armée et la victoire de tes armes
Ton désir est un coq qui entonne à tue-tête
Un chant annonciateur de la venue de l'aube
Même sans aucun moyen, continue dans ta quête
Car dans la voie de Dieu, pas besoin de moyens !
Chaque fois que tu vois un être de désir
Deviens son compagnon et offre-lui ta vie !
Car auprès de ceux-là, tu apprends le désir
À l'ombre des conquérants, tu deviens conquérant
Et ne regarde pas d'un regard méprisant
La fourmi qui aspire au rang de Salomon
Car tout ce que tu as, richesse ou position
N'avait-il pas pour source, une pensée, un désir ?

M, III, 1407-1450.

*Majnûn est, en littérature persane, la figure la plus accomplie et la plus radicale de l'amant. Son amour légendaire pour Leyli est l'emblème de la « folie » d'aimer (*majnûn *signifie littéralement le « fou »). Majnûn est fou en cela qu'il a renoncé à sa propre identité pour se fondre avec l'Aimée et cette folie est la sagesse la plus haute. Dans ce court récit, on peut voir une illustration du célèbre verset coranique dans lequel Dieu dit aux hommes : « Je suis plus proche de vous que votre veine jugulaire » (L, 15), signifiant ainsi que l'essence divine est infuse dans l'être humain, source de sa vie et visible dans le battement de son sang.*

« De l'union véritable de l'amant avec l'Aimé, bien qu'ils soient opposés dans le sens où le désir est l'opposé du non-désir ; de même que le miroir est dépourvu de forme et transparent, et que l'absence de forme est le contraire de la forme, et que malgré cela il y a entre le miroir et la forme une union véritable. Mais cela est trop long à expliquer, et au sage, l'allusion suffit. »

Éloigné de Leyli, Majnûn souffrait tellement
Que son corps brusquement tomba malade
Tout son sang bouillonnait dans le feu du désir
Ainsi, ce pauvre fou en eut une diphtérie
Un médecin vint le voir pour trouver un remède
Et il lui prescrivit aussitôt une saignée :
« Il lui faut une saignée pour libérer le sang »
Dit-il. On fit donc venir le phlébotomiste
Qui lui fit un garrot puis il prit sa lancette
Mais en voyant cela, l'amoureux s'écria :
« Prends tes gages et va-t'en ! Cesse cette saignée !
Et si je meurs, qu'importe, que la tombe me prenne ! »
« Mais de quoi as-tu peur, lui répondit l'expert
Toi qui ne crains pas même le lion dans les grands bois ?
Tout autour de toi, les lions, les loups, les ours
Les animaux sauvages, dans la nuit, se rassemblent
Et tu as tant d'amour et d'ivresse en ton cœur
Qu'ils ne sentent jamais en toi d'humaine odeur »
[...]
Et Majnûn répondit : « Je ne crains pas ta lame
J'ai plus de résistance que le roc des montagnes
Comme amant, je recueille en mon sein les souffrances
Je suis indifférent et toujours en errance
Et il faut à mon corps les coups et les blessures
Mais voilà, de Leyli, tout mon être est rempli

Ma coquille recèle les beautés de cette perle
Et j'ai peur, ô saigneur, qu'en faisant ta saignée
Tu ne viennes à blesser Leyli avec ta lame
La raison, celle qui sait et illumine le cœur
Sait bien qu'entre elle et moi, il n'est pas de distance »

M, V, 2001-2022.

À l'instar du ventre de la baleine qui avala Jonas, le monde est une geôle et un tombeau. De ce lieu de passage nécessaire au mûrissement de l'âme, on ne peut sortir que par l'oraison et la mémoration de Dieu. Alors seulement, dans ces paroles de louanges qui connectent l'âme au divin, on peut transcender sa nature et se libérer spirituellement du monde matériel mortifère.

« Histoire de Djouhi et de l'enfant qui pleurait la mort de son père. »

Près du cercueil de son père, un enfant pleurait
Il sanglotait, geignait et se frappait la tête
Disant : « Ô mon cher père, où va-t-on t'emmener ?
On va t'emprisonner sous une pelletée de terre
Tu seras désormais dans une maison étroite
En un lieu de souffrance, sans tapis et sans natte
Ni du pain pour le jour, ni lumière pour la nuit
Ni fumet de bons mets, aucun signe de vie
Ni porte qui se tienne, ni chemin vers le toit
Ni même un voisin qui vous donne refuge
Tes yeux que tant de mondes embrassèrent à l'envi
Que feront-ils là-bas en la maison obscure ?
Cette maison étroite et si impitoyable

Où tu n'auras plus ni visage ni couleur ! »
Ainsi décrivait-il la maison à venir
Et versait ce faisant maintes larmes de sang
Et le jeune Djouhi dit alors à son père :
« C'est dans notre maison qu'ils emportent le mort ! »
Son père lui répondit de cesser ces bêtises
Mais l'enfant rétorqua : « Écoute la description !
Tout ce qu'il vient de dire s'applique mot pour mot
Et sans l'ombre d'un doute à notre maison à nous
Ni natte, ni lumière, ni nourriture, ni cour
Ni porte qui tienne, ni toit, ni rien, ô mon père ! »
Des signes de ce genre, sur les âmes rebelles
Il y en a des centaines, mais elles ne les voient pas
La maison de tout cœur dénué de lumière
Et privé des rayons du Dieu de Majesté
Est étroite et obscure comme les cœurs aveugles
Misérable, ignorant le goût du Roi si bon
Dans un tel cœur jamais ne brille le Soleil
Et jamais rien ne s'ouvre ni ne s'épanouit
Mieux vaut pour toi la tombe qu'un tel cœur, sache-le !
Du tombeau de ton cœur, enfin, élève-toi !
Né d'un vivant, tu es vivant, fait pour la joie
N'étouffes-tu pas dans cette tombe étroite ?
Tu es Joseph du temps, tu es soleil céleste
Sors de ce puits, quitte la prison, montre-toi !
Ton Jonas a mûri au ventre d'une baleine
De là, par la prière, il peut se libérer
Sans l'oraison, Jonas n'aurait pas pu sortir
De sa geôle marine jusqu'à la fin des temps
Glorifiant le Seigneur, il jaillit de ce ventre
Mais qu'est-ce que l'oraison ? C'est le signe visible

Du pacte primordial passé au temps d'*alast*[1]
Si tu as oublié la prière du cœur
Écoute l'oraison des poissons de la mer
Car quiconque a vu Dieu est devenu divin
Qui a vu cette mer, celui-là est poisson
Ce monde est la mer et le corps, un poisson, et l'âme
C'est Jonas, privé de la lumière de l'aube
Et qui par l'oraison peut sortir du poisson
Sinon, il est digéré et il disparaît
Dans cette mer du monde, les âmes-poissons abondent
Mais tu ne les vois pas car tes yeux sont aveugles
Ils s'élancent vers toi sans cesse, ouvre les yeux !
Afin de voir clairement ces poissons tels qu'ils sont
Et si tu ne vois pas leur forme avec les yeux
Ne peux-tu par l'oreille, entendre leur oraison ?
La patience est pour toi, l'âme des oraisons
Prends patience car cela est la juste oraison
Car aucune oraison n'a la même éminence
La patience est la clé qui ouvre toutes les portes.

M, II, 3127-3165.

L'« histoire du marchand et de son perroquet » est l'une des histoires les plus célèbres du Masnavî. *Dans ce récit, le perroquet est le symbole de l'âme enfermée dans la cage du corps et prisonnière du monde (représenté par le marchand). Un autre perroquet, libre, plus sage et plus mature, lui servira de guide en lui montrant par les actes comment se libérer de sa geôle. Il s'agit encore une fois*

1. Le jour du pacte primordial passé entre Dieu et les hommes dans la prééternité.

de mourir à soi-même pour que l'âme puisse prendre son envol et on peut donc voir ce récit comme une illustration de la célèbre sentence prophétique : « Mourez avant de mourir ! »

« Histoire du marchand et de son perroquet. »

Il était une fois un marchand qui avait
Un très beau perroquet enfermé dans une cage
Un jour il décida de partir en voyage
Et il se prépara à aller jusqu'aux Indes
Par générosité, il dit aux domestiques :
« Que vous rapporterai-je à chacun comme cadeau ? »
Chacun lui demanda ce qu'il rêvait d'avoir
Et le brave marchand promit de les combler
Puis il s'adressa à son perroquet, disant :
« Et toi, mon bel oiseau, dis-moi, que voudrais-tu
Que je te rapporte comme présent des Indes ? »
L'oiseau lui répondit : « Là-bas, quand tu verras
Les autres perroquets, parle-leur donc de moi !
Dis-leur qu'il y a ici un oiseau qui désire
Les revoir mais hélas ! par un décret du ciel
Il est emprisonné par toi dans une cage
Cet oiseau les salue et réclame justice
Il demande conseil, réclame une guidance
Il dit : "Trouvez-vous juste qu'ici je me languisse
Que j'en perde la vie, que je meure en exil ?
Est-il juste que je sois captif et enchaîné
Tandis que vous allez dans l'herbe et sur les arbres ?
Est-ce là ce qu'on nomme la loi de l'amitié ?
Moi, dedans ma cage et vous, dans la roseraie ?

Souvenez-vous de moi, pauvre oiseau misérable
Et là, dans le bocage ô nobles congénères
Buvez à ma mémoire une coupe de vin !" »
[...]
Le marchand partit donc jusqu'aux confins de l'Inde
Et dans un bois, il rencontra des perroquets
Arrêtant sa monture, il s'adressa à eux
Les salua et puis délivra son message
Alors, l'un des perroquets se mit à trembler
Il tomba de son arbre et mourut sur-le-champ
L'homme alors regretta d'avoir ainsi parlé
Et se dit : « Par ma faute, cet animal est mort !
Était-il donc parent de mon petit oiseau ?
Étaient-ils une seule âme infuse dans deux corps ?
Qu'ai-je fait ? Pourquoi ai-je donné ce message ?
Je l'ai brûlé, le pauvre, par mes paroles vaines. »
La parole en effet est de pierre et de fer
Ce qui vient de la langue brûle comme le feu
Ne frappe pas la pierre contre le feu pour rien
Pour raconter une histoire ou pour te vanter
Car partout il fait sombre et il n'y a alentour
Que des champs de coton. Comment dans ce coton
Jeter une étincelle sans risquer le brasier ?
[...]
Quand le marchand eut fini ses affaires en Inde
Il s'en revint, heureux de retrouver les siens
À chaque domestique, il offrit un présent
Lui ayant rapporté le cadeau désiré
Son perroquet lui dit : « Où est donc mon présent,
Dis-moi ce que tu as dit, ce que tu as vu ! »
« Ah non, dit le marchand, je regrette cela

Et de ce qui s'est passé, je me mords les doigts
Pourquoi par ignorance ai-je porté ce message ?
C'était une folie, un message de trop !
Un de ces perroquets ressentit ta douleur
En eut le cœur brisé, trembla et rendit l'âme
Alors j'ai regretté d'avoir ainsi parlé
Mais puisque c'était fait, à quoi bon les regrets ? »
[...]
Quand l'oiseau entendit ce qui s'était passé
Il se mit à trembler, tomba et devint froid
Et le marchand voyant son oiseau effondré
Il bondit et jeta son couvre-chef au sol
En le voyant livide et tombé raide mort
Dans sa douleur, il arracha ses vêtements
Et dit : « Ô mon perroquet à la voix suave
Que t'est-il arrivé ? Et quel est cet état ?
Hélas, ô mon oiseau au chant mélodieux !
Hélas, toi mon ami intime, mon confident !
Hélas, ô mon oiseau dont j'aimais tant la voix !
Toi, le vin de mon âme, mon jardin, ma verdure
Si Salomon lui-même avait pu te connaître
Il aurait délaissé tous les autres oiseaux
Hélas, ô mon oiseau, je t'ai eu à vil prix
Et je me suis donc trop tôt détourné de toi
Ô langue tu es par trop source de tant de maux
Et tu parles pourtant, que puis-je donc te dire ?
Ô langue, tu es le feu aussi bien que la meule
Pourquoi mets-tu toujours le feu à cette meule ?
L'âme hurle en secret du mal que tu lui fais
Et fait pourtant toujours ce que tu lui ordonnes
Ô langue, tu es à la fois un trésor sans fin

Et douleur infinie qui n'a point de remède
Tu es la mélodie qui leurre les oiseaux
Et la consolation dans l'effroi de l'absence
Tu me prends en pitié, toi, si impitoyable ?
Toi qui m'as tiré une flèche pour te venger !
Tu as fait s'envoler mon oiseau bien-aimé
Cesse de te repaître de ta propre injustice !
Réponds-moi ou sinon répare cette injustice
Ou encore montre-moi le chemin de la joie !
Hélas, je l'ai perdue la lumière de mon âme
Qui brûlait les ténèbres ; et l'aube lumineuse
Qui faisait se lever la lumière du jour !
Hélas, ô mon oiseau à l'envol si gracieux
Qui vola de ma fin vers mon commencement ! »
L'ignorant pour toujours ira à la souffrance
Pour t'en libérer, lis la sourate dix-neuf[1]
Aux temps prééternels, quand j'étais avec Toi,
Je ne connaissais pas la souffrance sans fin
Et là-bas, dans Tes eaux, j'étais pur de l'écume
Ces « hélas » sont les cris du désir de Le voir
Ils disent la douleur de se couper de soi
Car c'est le Dieu jaloux qui nous donne ces coups
Et contre ce Dieu-là il n'est point de remède
A-t-on jamais vu cœur qui ne soit par l'amour
Du Dieu de vérité brisé en mille morceaux ?
Sa jalousie est celle de Celui qui est autre
Au-delà des paroles et du fracas des mots
Je voudrais que mes larmes fussent un océan

1. Plus exactement, la sourate XIX, verset 4, où il est dit : « Nous avons créé l'homme dans la souffrance » (in *Le Noble Coran*, *op. cit.*).

Pour pouvoir les répandre en offrande à l'Aimé
Perroquet de mon âme, bel oiseau enchanteur
Interprète subtil de mes pensées secrètes
Pour que je m'en souvienne dès le commencement
Il me dit l'heur et le malheur qui seraient miens
Cet oiseau dont le chant est pure inspiration
Lui qui fut avant même que ne furent les êtres
Cet oiseau est en toi, caché dedans ton être
Tu en vois le reflet dans les différents êtres
Il est source de joie, lui qui ôte la joie
Son injustice même, tu la vois comme justice
Ô toi qui as brûlé l'âme au profit du corps
Qui as consumé l'âme pour faire briller le corps
Regarde comme je brûle et apprends la brûlure
Prends ma flamme, avec elle mets le feu aux brindilles !
Celui qui est brûlé peut égaler des flammes
Alors prends cette flamme pour que le feu t'enflamme
Hélas, trois fois hélas de voir que telle lune
S'est cachée des regards en dessous des nuages !
Comment souffler un mot quand s'enflamme mon cœur
Quand le lion de la séparation devient fou
Et qu'il cherche à verser le sang dans son ivresse
Celui qui même sobre est furieux et ivre
Alors que sera-t-il une coupe à la main ?
Même la vaste prairie ne saurait contenir
Un lion ivre et qui est au-delà du dicible
Je songe à des rimes mais mon Aimé me dit :
« Il ne te faut penser à rien d'autre qu'à moi !
Assieds-toi, sois heureux, ô mon faiseur de rimes
En ma présence, c'est avec la joie que tu rimes
Que sont donc les paroles pour que tu y songes ?

Des épines dans la haie qui entoure la vigne
Je plongerai dans la confusion les paroles
Et les mots et les sons afin que sans cela
Je puisse parler avec toi de souffle à souffle
Je te dirai à toi, ô mine des secrets
Ces mots dont je n'ai soufflé mot même à Adam
Ce que je n'ai pas dit à Abraham lui-même
La douleur inconnue au cœur de Gabriel
Ces mots que le Messie a retenus en lui
Que Dieu, par exclusive, ne nous a pas donnés. »
[...]
Mais cette histoire est longue, revenons au marchand
Pour voir ce qui advint à cet homme bienveillant
Ainsi donc il brûlait de chagrin et de peine
Et il se lamentait en cent phrases semblables
Il se contredisait, suppliait, se vantait
Cherchait la vérité et tantôt l'illusion
Car l'homme qui se noie fait des pieds et des mains
Et s'accroche comme il peut à chaque plante qu'il voit
Espérant que l'une d'elles le sauvera du danger
C'est par peur de mourir qu'il fait tout ce qu'il peut
Or l'Aimé aime bien toute cette agitation
Les efforts, même vains, valent mieux que le sommeil
Dans cette voie, il faut lutter et avancer
Jusqu'à ton dernier souffle, ne reste pas tranquille !
Pour que ton dernier souffle soit ce moment suprême
Où la grâce divine infuse dans ton être
Les hommes et les femmes, quels que soient leurs efforts
Le Roi, à la lucarne, les voit et les entend
Le marchand à regret jeta hors de la cage
L'oiseau qu'il croyait mort ; mais l'oiseau s'envola

Aussi vite, aussi haut que soleil à l'orient
Et alla se poser tout en haut d'une branche
Le marchand ébahi, en fut tout stupéfait
Lui qui n'avait rien vu, aperçut le secret
Et levant le visage vers son oiseau, il dit :
« Ô mon doux rossignol, explique-moi cela
Que je voie clair en moi. Qu'a fait ce perroquet
Dont je t'ai dit l'histoire ? Tu en pris de la graine
Et tu sus par la ruse me brûler tout entier. »
Le perroquet lui dit : « Son geste m'a donné
Une leçon vitale : "Renonce au charme de ta voix
Et aux attachements, car ta voix te retient."
En feignant de mourir, il m'a appris cela
Et cela voulait dire : "Ô amuseur public
Meurs comme moi, si tu veux la libération !" »
Si tu es une graine, les oiseaux te dévorent
Et les enfants te cueillent, si tu es une rose
Cache la graine et devient piège tout entier
Cache le bouton de rose et devient herbe folle
Mille destins contraires s'abattent sur celui
Qui met sa beauté aux enchères dans ce monde
Sur sa tête chacun déverse son envie
Sa rage, sa jalousie comme l'eau d'un torrent
Ses ennemis, jaloux, veulent le déchirer
Et ses amis eux-mêmes lui dévorent son temps
Celui qui, insouciant, n'a semé au printemps
Que sait-il seulement du prix de cette vie ?
Il faut trouver abri dans la grâce de Dieu
Car Il a déversé mille grâces sur les âmes
C'est le seul vrai refuge et mon Dieu, quel refuge !
Alors l'eau et le feu deviendront ton armée

La mer ne fut-elle pas l'alliée de Moïse
Et aussi de Noé ? Et contre leurs ennemis
Ne déversa-t-elle pas sa rage et son courroux ?
Et le feu ne devint-il pas la forteresse
D'Abraham, et fumée dans le cœur de Nemrod ?
La montagne n'appela-t-elle pas Jean-Baptiste
Chassant à coups de pierre ses vils poursuivants ?
Elle lui dit : « Viens donc, je serai ton refuge
Contre toutes les épées contre toi aiguisées ! »
Ainsi le perroquet donna-t-il sans rancune
Des conseils au marchand, puis lui fit ses adieux
« Adieu, dit le marchand, va, et que Dieu te garde !
Tu m'as montré la voie d'une nouvelle vie. »
Il se dit en lui-même qu'il se devait de suivre
Ces conseils avisés et suivre désormais
La voie de cet oiseau, clair chemin de lumière
« Mon âme, pensa-t-il, n'est pas moins qu'un oiseau
Il lui faut, à cette âme, une voie juste et belle. »

M, I, 1557-1858.

Fîhi mâ Fîhi
ou *Le Livre du dedans*

Fîhi mâ Fîhi, *ou littéralement « est dedans ce qui est dedans », est un recueil de l'enseignement oral de Mowlânâ, mis en ordre et consigné par son fils Soltân Valad et son disciple et successeur Hosâm al-dîn. L'ouvrage est divisé en soixante-douze chapitres mais il ne s'agit pas de discours construits. On y entend l'oralité du propos : ce sont des conversations à bâtons rompus entre le maître et ses disciples ou des auditeurs occasionnels, des réponses à des questions ou des digressions sur tel ou tel sujet spirituel. Le texte est en même temps un bel exemple de la prose persane du* XIII*e* *siècle, à la fois simple, efficace et imagée. C'est aussi une mine de renseignements sur la pensée de Rûmî. On y retrouve développés les thèmes qui lui tiennent à cœur abordés de manière moins oblique que dans l'œuvre poétique.*

Le passage suivant traite de la place primordiale de la prière et de l'oraison dans la vie spirituelle, et de la différence entre la forme de la prière et son « âme », ou sa quintessence – celle qu'aucun mot ni aucune pratique ne sauraient limiter. Ultimement, la prière doit mener à l'absorption dans le Divin.

Quelqu'un demanda : « Existe-t-il un chemin plus court que la prière pour approcher Dieu ? » Il répondit : « Encore la prière. Mais la prière n'est pas seulement cette forme extérieure. Ceci est le « corps » de la prière ; la prière formelle comporte un commencement et une fin, et chaque chose qui implique commencement et fin est un corps. Le *takbîr* est le début de la prière, et le *salâm* sa fin. De même, la profession de foi [*shahâda*] n'est pas seulement ce que l'on dit en remuant les lèvres : car cette formule a un commencement et une fin ; et tout ce qui est exprimé par des lettres et des sons et qui a un commencement et une fin est une forme et un corps. Mais l'âme de la prière est inconditionnée et infinie, elle n'a ni commencement ni fin. Enfin, seuls les prophètes (sur eux le salut !) ont apporté la prière, et le Prophète, qui nous l'a enseignée, a dit : « J'ai des moments avec Dieu auxquels ni un prophète envoyé ni un ange proche de Dieu ne peuvent atteindre[1]. » Donc, l'âme de la prière n'est pas seulement sa forme : elle prépare à l'absorption en Dieu et à la perte de conscience. Aussi toutes les formes demeurent-elles au-dehors. Il n'y a plus de place dans l'âme alors, même pour Gabriel qui est un pur esprit. »

Le Livre du dedans, 37.

Prenant prétexte d'un simple oubli, Rûmî rappelle ici que la mission de l'homme est de porter le « dépôt »

1. Célèbre *hadîth* [dit du prophète Mohammad].

originel que Dieu lui a confié au temps de la prééternité et que les autres créatures ont refusé. Pour les mystiques, ce « dépôt », c'est précisément l'amour. Malgré la puissance de vie et de transformation qui anime toutes les créatures du ciel et de la terre, seuls les hommes sont capables de connaître pleinement l'amour. Cela devrait être l'unique objet de leur quête et de leurs soins, car c'est pour cela qu'ils ont été créés et c'est ce qui fait leur noblesse. Ce dépôt qui leur a été confié et qu'ils ont accepté est aussi le signe de leur élection.

Un des auditeurs dit : « J'ai oublié quelque chose ici. » Le Maître dit : « Dans le monde, il y a une seule chose qu'on ne peut pas oublier. Peu importe la négligence du monde si tu ne l'oublies pas. Mais si tu te souviens de tout, que tu accomplisses tout, que tu n'omettes rien, sauf cette chose, tu n'as rien accompli. Par exemple, un roi t'envoie à tel village pour exécuter un ordre déterminé, et tu t'en vas effectuer cent autres travaux, sans accomplir la mission dont il t'a chargé : tu n'as rien accompli. Ainsi, l'homme est venu en ce monde pour effectuer une mission ; cette mission est son véritable but ; s'il ne l'accomplit pas, en réalité il n'a rien fait. « Nous avons proposé le Dépôt aux cieux, à la terre et aux montagnes, ils ont refusé de le porter et ils ont eu peur, alors que l'homme le porta : il est prévaricateur et ignorant[1]. » Ce dépôt, nous l'avons proposé aux cieux, mais ils n'ont pu l'accepter. Considère combien d'œuvres proviennent du ciel, de telle sorte que la raison s'en étonne : il transforme les pierres en

1. Coran, XXXIII, 72 (in *Le Noble Coran*, *op. cit.*).

rubis et en cornalines, et les montagnes en mines d'or et d'argent ; il fait bourgeonner les plantes de la terre, leur donne la vie et en fait le paradis de l'Éden ; la terre, aussi, reçoit les semences et produit des fruits ; elle couvre les défauts et fait des milliers de merveilles inexplicables. De même, les montagnes produisent des mines variées. Ils font tous ces mystères, mais sont incapables d'accomplir une seule chose. L'homme seul est capable de cette unique chose. Dieu a dit : « Nous avons ennobli les descendants d'Adam[1]. » Il n'a pas dit : « Nous avons ennobli le ciel et la terre. » L'homme accomplit donc des choses que les cieux, la terre et les montagnes ne peuvent réaliser. Quand il les accomplit, l'ignorance et la perversité lui sont épargnées.

Ibid., 40.

Le corps n'est qu'une monture pour l'âme et ne doit donc pas devenir l'objet de soins exclusifs, sinon l'être humain est réduit à sa part animale et ne réalise pas ce qui fait son humanité et sa noblesse, à savoir sa perfection spirituelle.

À part cette nourriture et ce sommeil, il existe pour toi une autre nourriture. « J'ai passé la nuit chez mon Seigneur, Il m'a nourri et m'a donné à boire[2]. » Dans ce bas monde, tu as négligé cette nourriture au profit d'une autre subsistance ; jour et nuit, tu t'occupes des besoins de ton corps. Or ce corps est ta monture et ce monde est son râtelier, la nourriture du cheval n'est pas celle de son

1. Coran, XII, 70 (*Ibid.*).
2. Tradition prophétique rapportée par Muslim et Bukhâri.

cavalier. Il a son sommeil, sa nourriture et son bien-être propres. Mais les caractéristiques animales et bestiales l'emportent sur toi, aussi es-tu demeuré devant le râtelier des chevaux : tu n'as pas place dans les rangs des émirs et des souverains du monde éternel. Ton cœur est bien là ; mais, puisque ton corps domine, tu en es resté le captif et tu t'y es soumis.

De même Majnûn[1], qui avait l'intention de visiter le pays de Leyli, lorsqu'il était conscient, poussait sa chamelle vers son Aimée. Mais, lorsqu'il était absorbé dans la pensée de Leyli, il oubliait et sa propre personne et sa chamelle. La chamelle, ayant laissé progéniture dans un village, en profitait pour revenir sur ses pas. Quand Majnûn retrouvait sa lucidité, il s'apercevait qu'il avait rebroussé chemin sur une distance de deux journées. Ainsi le voyage dura trois mois. Enfin, il s'écria : « Cette chamelle est pour moi une calamité ! » Il descendit de la chamelle et partit à pied.

« Le désir de ma chamelle est derrière moi, et le mien devant moi :
tous deux sont opposés l'un à l'autre. »

Ibid., 42-43.

*À l'étape de l'annihilation [*fanâ*] et de l'absorption complète [*eshteghrâq*] dans Dieu, le mystique ne ressent plus de différences entre ses différents sens, de même qu'il ne ressent plus de différence, de distance, de distinction, entre lui-même et l'Aimé. Ils deviennent un, sans solution de continuité. Et c'est donc à cette étape que l'on peut*

1. Voir p. 89.

s'écrier : « Je suis le Vrai », ou « Je suis Dieu », sans que cela soit un blasphème. C'est aussi dans cet état de fusion que le mystique se rend compte que Dieu « englobe toute chose », et que toutes les beautés du monde, tous les états de l'âme, toutes les émotions proviennent in fine *de la Source.*

Les cœurs témoignent les uns pour les autres : c'est la parole qu'on dit sans que le sens en soit dévoilé pour ceux-là mêmes qui l'emploient. Sinon, quel besoin auraient-ils de paroles ? Quand le cœur témoigne, quel besoin du témoignage de la langue ?

L'émir Na'ib[1] dit : « C'est vrai, le cœur témoigne, mais le cœur a une jouissance propre, tout comme l'oreille, l'œil, la langue : chacune de ces jouissances répond à un besoin. »

Le Maître répondit : « L'extase dans le cœur anéantit tous les autres sens et la langue devient futile. La beauté de Leyli n'était pas divine, elle était corporelle et charnelle ; elle était d'eau et de limon ; mais l'amour qu'elle inspirait absorbait Majnûn tout entier et le submergeait : nul besoin ne le poussait à voir Leyli de ses yeux, ni à entendre sa voix ; car il ne voyait pas Leyli séparée de lui-même [et il disait] :

Ton image est dans mes yeux, ton nom sur mes lèvres,
ton souvenir dans mon cœur.
À qui écrirai-je ? Où te caches-tu ?

1. L'émir Na'ib, Amir ud-Din Mikail, l'un des notables du pays, tué à Konya en 676 de l'Hégire.

Je suis celui qui aime et celui qui m'aime
nous sommes deux âmes incarnées en un seul corps.

Donc, un être corporel exerce un pouvoir si grand que l'amour qu'il inspire produit des états où l'amoureux ne se voit pas séparé de celle qu'il aime ; tous ses sens perdent leur autonomie : l'œil, l'ouïe, l'odorat, aucun organe ne réclame une jouissance propre ; il perçoit tout rassemblé et présent. Il suffit qu'un seul organe soit satisfait pour que les autres sens ne réclament pas jouissance. Et la recherche par les sens d'une jouissance autre prouve que l'organe suscité n'a pas obtenu parfaite jouissance. Il a reçu une jouissance relative qui ne permet pas de submerger les autres sens. Ceux-ci continuent à réclamer une jouissance propre. Les sens sont un. En apparence, ils diffèrent. Quand un organe obtient l'immersion, les autres organes se confondent en lui. De même, lorsque l'abeille vole haut, ses ailes, sa tête et tous ses organes se meuvent. Quand elle est noyée dans le miel, tous ses organes sont un. Ils ne bougent plus. L'immersion est acquise quand la personne s'installe hors le moi, hors l'effort, hors l'action, hors le mouvement. Elle est noyée dans l'eau ; chaque action qui émane d'elle n'est pas sienne, mais celle de l'eau. Peut-on dire qu'elle s'est noyée si elle agite pieds et mains ? Peut-on le dire si elle crie : "Ah ! je suis noyée" ? Dans cette parole : "*Ana'l Haqq*[1]", les gens croient qu'il s'agit d'une grande prétention. Or, "*Ana'l Haqq*" révèle une grande modestie, car ceux qui disent : "Je suis le serviteur de Dieu" attestent deux

1. Voir note 1, p. 34.

existences ; l'une pour soi, l'autre pour Dieu. Mais celui qui dit : "*Ana'l Haqq*", s'annihile. Il dit : "*Ana'l Haqq*", c'est-à-dire : "Je ne suis pas, tout est Lui, excepté Dieu il n'y a d'existence pour personne. Je suis un pur néant, je ne suis rien." La modestie de ce dernier est grande ; les gens ne comprennent pas que, si un homme se comporte en serviteur de Dieu, alors pour Dieu sa servitude existe : bien qu'elle soit destinée à Dieu, son action lui permet de se voir lui-même distinct de Dieu. Cette personne ne s'est pas noyée. Est noyé dans l'eau celui à qui ne reste aucun mouvement ni action, mais dont les mouvements sont ceux de l'eau. »

Un lion poursuivait une gazelle ; la gazelle s'enfuyait loin de lui. Il y avait là deux existences : celle du lion, celle de la gazelle. Mais dès que le lion atteignit la gazelle, qu'il en fit une proie captive de ses griffes, de peur évanouie, il ne resta que l'existence du lion ; celle de la gazelle, anéantie, disparut. L'immersion [*eshteghrâq*] consiste en ce que le Dieu Très-Haut rend les saints craintifs à Son égard, mais de la façon dont les gens ont peur du lion, du léopard, de l'oppresseur. Il leur dévoile que la crainte émane de Dieu, que la paix vient de Dieu, que la joie et la gaieté proviennent de Lui, ainsi que la nourriture et le sommeil. Dieu le Très-Haut leur montre une image particulière et tangible de lion, de léopard ou de feu, durant qu'ils sont éveillés, les yeux ouverts, afin qu'il leur apparaisse clairement que cette image de lion, de léopard, que dans la réalité ils voient, ne provient pas de ce monde : c'est une image du monde invisible qui s'est matérialisée et dont l'apparence revêt une grande beauté. Il en est de même pour les jardins, les ruisseaux, les houris, les palais, les mets, les boissons, les présents, les coursiers, les villes, les demeures, toutes les différentes merveilles ; en vérité, on sait que ces beautés n'appartiennent pas à ce monde-ci. Dieu les révèle à la vision et leur donne forme aux yeux de qui regarde. Celui-ci est dès lors certain que la crainte provient de Dieu, la sécurité de Dieu, les apaisements et les contemplations de Dieu. Une crainte qui ne ressemble pas à la crainte des autres hommes ! Des états qui sont produits par la vision, non par le raisonnement ! Car c'est Dieu qui les a destinés et tout vient de Lui. Le philosophe sait cela, mais par le raisonnement ; or la raison n'est pas constante, et le bonheur qu'elle provoque est intermittent ; tant qu'on démontre par le raisonnement, on est heureux, chaleureux et frais. Quand on a fini de livrer arguments, la chaleur et le bonheur se dissipent.

Ibid., 70-73.

La citation qui ouvre cet extrait est une prière attribuée au prophète Mohammad, que les soufis ont longuement méditée. Le désir de « voir juste », de voir la vérité telle qu'elle est, lucidement et sans voile, est au cœur de la quête spirituelle et de sa finalité. Toutes les vérités sont contenues à l'intérieur de l'homme. Ce qui empêche de les voir, ce sont les voiles formés par les désirs et les attachements matériels.

« Montre-moi *les choses telles qu'elles sont*[1]. » L'homme est une grande chose, toutes choses sont écrites en lui, mais les voiles et les ténèbres ne lui permettent pas de

1. Tradition attribuée au Prophète [*hadîth*].

découvrir les trésors qui scintillent en lui-même. Les voiles et les ténèbres sont des occupations diverses, des projets multiples et des désirs de toute sorte. Mais, malgré les ténèbres et les voiles, l'homme peut cependant lire quelque secret et en tirer une connaissance. Considère comment, lorsque ces ténèbres et ces voiles disparaîtront, il sera averti, et découvrira de nombreuses connaissances en lui-même ! Les métiers de tailleur, maçon, charpentier, orfèvre ; la science, l'astronomie, la médecine et autres professions innombrables apparaissent tous de l'intérieur de l'homme : ils ne proviennent pas de la pierre et de la brique. Et le corbeau qui a enseigné à l'homme à enterrer le mort[1] n'est autre que l'image de l'homme projetée sur un oiseau. Ce sont des besoins d'homme qui ont poussé le corbeau à gratter la terre ; car l'animal est une partie de l'homme. Comment la partie pourrait-elle enseigner quelque savoir au tout ? De même, si l'homme prend la plume de la main gauche pour écrire, malgré une volonté déterminée, sa main tremble en écrivant. Mais la main écrit par ordre de la volonté.

Ibid., 79.

Aimer son maître, c'est se comporter en amoureux et tout supporter. Pourtant, il ne demande pas l'impossible. Mais la faiblesse de l'amour peut rendre aveugle et ignorant quant à la valeur du maître et des conseils qu'il donne.

1. Histoire de Caïn et d'Abel (Coran, V, 31, in *Le Noble Coran*, *op. cit.*).

Ce que le sheikh t'ordonne n'est pas ce que t'ont ordonné les anciens sheikhs : que tu abandonnes ta femme et tes enfants, ta fortune et ton rang. Ils ordonnaient : « Abandonne ta femme, afin que nous la prenions », et on le supportait. Mais vous, lorsqu'on vous conseille une petite chose, comment se fait-il que vous ne le supportiez pas ? « Il se peut qu'il y ait une chose que vous détestiez, et que ce soit bon pour vous[1]. »

Que disent ces gens ? L'aveuglement et l'ignorance se sont emparés d'eux. Ils ne se rendent pas compte à combien d'artifices un homme se livre lorsqu'il devient amoureux d'un garçon ou d'une femme, combien d'humiliations il subit, quelle fortune il sacrifie pour la séduire en dépensant des efforts jour et nuit afin d'obtenir le plaisir de son cœur. Il ne se lasse pas de cette course pour qui il abandonne tout le reste. L'amour du sheikh et l'amour de Dieu sont-ils moindres ?

S'il critique et abandonne le sheikh pour le moindre commandement, conseil, ou caprice, on comprend qu'il n'est ni amoureux ni chercheur. S'il était amoureux ou chercheur, il supporterait bien davantage que ce que nous avons décrit. Pour son cœur, l'excrément serait miel et sucre.

Ibid., 131.

Si l'intention est primordiale et si la forme est secondaire par rapport à l'intérieur, il n'en reste pas moins que les formes comptent car elles portent le sens intérieur : ainsi de la parole et de la prière. Leurs formes font advenir le sens, le rendent possible et accessible.

1. Coran, II, 216 (*Ibid.*).

Quelqu'un disait : « Pensez à nous avec une bonne intention. Le principal, c'est la bonne intention ; les paroles, qu'elles existent ou non, sont secondaires. »

Le Maître dit : « Cette intention existait dans le monde spirituel avant d'exister dans le monde corporel. Nous a-t-on transportés dans ce monde corporel sans une bonne raison ? C'est impossible. La parole compte ; elle est même fort utile. Si tu sèmes seulement l'amande d'un noyau d'abricot, il ne pousse pas, mais si tu sèmes le noyau avec la coque, il poussera. Nous savons que la forme extérieure compte elle aussi. La prière est dans le for intérieur : « Il n'y a de prière qu'avec la présence du cœur[1]. » Mais il est nécessaire de lui donner forme en te courbant et en te prosternant [*rukû'* et *sujûd*] extérieurement ; alors tu en tires un profit et tu accomplis ton dessein. « Ils sont perpétuellement en prière[2]. » Cette prière est l'âme, et la prière extérieure est temporaire ; l'âme du monde est comme l'océan, elle n'a pas de limites. Le corps est la rive et la terre, limitée et déterminée. La prière éternelle n'est que pour l'âme ; l'âme a aussi besoin de se courber et de se prosterner, mais il faut qu'une inclinaison et une prosternation corporelles soient manifestes, car le sens a un lien avec la forme. S'ils ne sont pas unis, ils n'ont pas d'utilité.

Ibid., 187.

Quand on s'est dépouillé et qu'il ne subsiste plus rien, il y a enfin de la place pour qu'adviennent les diverses formes de la beauté.

1. *Hadîth* prophétique.
2. Coran, LXX, 23 (in *Le Noble Coran*, *op. cit.*).

Quelqu'un dit : « Dans le Khwârazm, personne ne devient amoureux, car dans le Khwârazm il y a de nombreuses beautés. Quand les gens voient une beauté et lui attachent leur cœur, ils voient quelques mois plus tard une autre plus belle et cet amour se refroidit dans leur cœur. »

Le Maître dit : « S'il ne faut pas être amoureux des beautés du Khwârazm, il faut être amoureux du Khwârazm où il y a tant de beautés. Le Khwârazm est la pauvreté spirituelle [*faqr*] où se trouvent d'innombrables beautés et formes spirituelles ; à chacune tu donnes ton cœur et tu t'attaches ; une autre se montre et te fait oublier la première, et ainsi de suite *ad infinitum*. Donc, c'est de la pauvreté spirituelle elle-même, contenant tant de beautés, qu'il convient d'être épris. »

Ibid., p. 205.

Il y a deux façons de lire le Coran : l'une consiste à ne considérer que la lettre du texte et son sens obvie (ce que font les tenants de l'exotérisme), l'autre à rechercher le sens caché et spirituel (ce que font les mystiques). Même si le sens spirituel est plus élevé et plus profond que la lettre pure, les deux lectures sont valables et c'est par l'extérieur que l'on atteint l'intérieur. Ainsi en va-t-il du sens qu'il convient de donner à la Ka'ba elle-même comme « Maison de Dieu » et partant, du sens du rite du pèlerinage. C'est un topos classique de la littérature soufie que de souligner que la Ka'ba véritable est le cœur de l'homme lui-même et que le véritable pèlerinage est intérieur.

Les exotéristes disent que la « Maison » désigne la Ka'ba : chaque personne qui s'y réfugie est en sécurité contre toutes les calamités ; la chasse y est interdite, on ne peut y nuire à personne, et Dieu le Très-Haut l'a choisie. C'est vrai et c'est juste ; mais ce n'est là que l'apparence de ce que dit le Coran. Les connaisseurs de la vérité disent que cette « Maison » est le for intérieur de l'homme : « Ô Dieu, purifie l'intérieur [*bâtin*] des tentations et des occupations charnelles, et délivre-nous des pensées et des sentiments corrompus et erronés, qu'il ne reste aucune crainte dans le cœur, que la paix y apparaisse et qu'il soit totalement le lieu de Ta révélation ; qu'en lui le démon et ses tentations ne pénètrent pas. » De même que le Dieu Très-Haut a chargé dans le ciel les étoiles filantes d'empêcher les démons maudits d'entendre le secret des anges, afin que personne ne le connaisse et qu'ils soient loin de tout malheur : « Ô Dieu, Toi aussi charge le gardien de Ta grâce dans notre cœur d'éloigner de nous la tentation des démons, les ruses de l'âme concupiscente et du désir. » C'est là la parole des gens du *bâtin* (de l'ésotérique) et de la connaissance.

Chacun agit selon sa condition. Le Coran est un brocart à double face. Certains trouvent leur profit dans un côté, d'autres dans l'autre côté. Tous les deux sont vrais, car le Dieu Très-Haut veut que les deux catégories de gens tirent leur profit du Coran. Comme une femme qui a un mari et un enfant nourrisson. Tous les deux tirent de cette femme une satisfaction différente : l'enfant prend plaisir au sein à boire du lait, le mari au plaisir conjugal. Les gens sont comme de petits enfants dans la Voie : ils tirent leur plaisir de la lettre [*zâher*] du Coran et boivent du lait. Mais ceux qui sont parvenus à la perfection ont une autre contemplation et une autre compréhension du sens caché du Coran.

La station [*maqâm*] et le sanctuaire d'Abraham se trouvent en un lieu aux environs de la Ka'ba. Les exotéristes disent: « Il faut faire là deux *rak'ats*[1] de prière. » C'est juste, bien sûr, mais la station d'Abraham, chez les gens de la Vérité, est que tu te jettes comme Abraham dans le feu pour l'amour de Dieu, et que tu arrives à l'étape [*maqâm*] d'Abraham avec efforts et persévérance, dans le chemin de Dieu, ou que tu t'approches de cette station. Lui se sacrifia pour l'amour de Dieu, pour lui, l'âme charnelle ne comptait pas, et il n'éprouvait pas de crainte. Faire deux *rak'ats* de prière dans la station d'Abraham est bien, mais de telle façon que le *qiyâm* [posture debout] soit effectué en ce monde, et le *rukû'* [inclinaison] dans l'autre monde.

Ibid., 211-212.

Pour voir la réalité de la fusion essentielle avec l'Aimé et pour être spirituellement fécond, il faut un désir ardent qui soit à l'œuvre dans le cœur de celui qui chemine vers le But. Seul un attachement indéfectible au Bien-Aimé permet de traverser sans encombre les dangers de la voie spirituelle. Car dans l'amour véritable, la fusion des essences devient possible.

Lorsque vous désirez vous rendre à un certain endroit, tout d'abord s'y rend votre cœur, il regarde et s'informe des conditions qui y existent; puis votre cœur revient et emmène avec lui votre corps. Or tous ces autres hommes

1. [Dans la prière musulmane, chaque *rak'at* correspond à une série de formules et de gestes spécifiques.]

sont comme des corps par rapport aux saints et aux prophètes, eux sont le cœur de ce monde. D'abord, ils sont allés dans l'autre monde, échappant à leurs attributs humains, à la chair et au sang. Ils ont contemplé les profondeurs et les hauteurs de ce monde-là et de celui-ci, et sont passés par toutes les étapes, de sorte qu'ils ont appris comment il faut avancer sur cette voie. Puis ils sont revenus et ont adressé un appel à l'humanité, disant : « Venez dans ce monde originel ! Car ce monde-ci est une ruine et une demeure périssable, nous avons découvert un lieu de délices, dont nous vous informons. »

On voit donc que le cœur, en toutes circonstances, est attaché au cœur du Bien-Aimé et n'a pas besoin de traverser les étapes, ni de craindre les brigands de grands chemins, ni besoin du bât de la mule. C'est le misérable corps qui est attaché à ces choses.

J'ai dit à mon cœur : « Ô mon cœur, par ignorance du service, de qui t'es-tu donc privé ? » Mon cœur a répondu : « C'est toi qui fais erreur : je suis attaché à Son service, et toi, tu es égaré. »

Où que tu sois, et dans quelque situation que tu te trouves, essaie toujours d'être un amoureux et un amoureux passionné. Une fois que tu posséderas l'amour, tu seras toujours un amoureux, dans le tombeau, lors de la Résurrection, dans le Paradis, à jamais. Quand tu as semé du froment, le froment poussera sûrement, il sera dans la gerbe, et dans le four.

Majnûn désirait écrire une lettre à Leyli. Il prit une plume et écrivit ces vers :

Ton nom est sur mes lèvres,
ton image est dans mes yeux,
ton souvenir est dans mon cœur :
à qui donc écrirais-je ?

« Ton image réside en mes yeux, ton nom n'est pas hors de mes lèvres, ton souvenir est dans les profondeurs de mon âme, à qui donc écrirais-je, puisque tu te promènes en tous ces lieux ? »

La plume s'est brisée et le papier s'est déchiré.

Ibid., 217.

Si Dieu, ce « trésor caché qui voulut être connu[1] » et qui créa pour ce faire les créatures, ne peut se révéler que dans l'homme et se manifester que dans cette image de Lui-même, il n'en reste pas moins que cette image n'a au fond pas de réalité propre ni d'autonomie réelle, car elle a une existence semblable à celle de l'ombre. Et elle est aussi ténue, dénuée de lumière propre, limitée et éphémère que l'ombre.

« Dieu a créé Adam à Son image[2]. » Les hommes recherchent tous la manifestation. Beaucoup de femmes voilées se dévoilent pour mettre à l'épreuve leur amoureux comme on met à l'épreuve un objet aiguisé. L'amoureux dit à la Bien-Aimée : « Je n'ai ni dormi ni mangé, je suis devenu comme ceci et comme cela, parce que j'étais sans toi. » Ce qui signifie : « Tu recherches la manifestation,

1. [*Hadîth* prophétique.]
2. *Hadîth* cité par Mûslim et Bûkhâri.

et ta manifestation ne peut se produire sans moi : tu peux me révéler que tu es la Bien-Aimée et faire de moi la manifestation de ton amour et de ta propre beauté. » De même, les savants et les artistes recherchent tous la manifestation : « J'étais un Trésor caché et J'ai désiré être connu[1]. »

« Il a créé Adam à Son image », c'est-à-dire selon l'image de Ses commandements ; et Ses commandements se manifestent dans toute la création, car tout est le reflet de Dieu, et l'ombre est prisonnière de la personne.

Si les cinq doigts s'ouvrent, l'ombre s'ouvre ; s'ils tournent, l'ombre tourne ; s'ils s'étendent, l'ombre s'étend.

Tant que les mouvements de la main existent,
l'ombre est contrainte de s'agiter aussi ;
puisque l'ombre prend forme par l'effet de la main,
cette agitation est périssable comme l'ombre elle-même.

Donc, les créatures sont en quête d'un Cherché et d'un Bien-Aimé qui veut que tous L'aiment et Lui soient soumis, que tous soient ennemis de Ses ennemis, amis de Ses amis. Ce sont là les commandements et les attributs de Dieu, qu'Il révèle dans le reflet. En somme, notre ombre n'a pas conscience de notre personne ; mais nous, nous sommes conscients de notre ombre ; pourtant, par rapport à la connaissance de Dieu, notre connaissance est comme l'absence de connaissance. Hormis certains attributs, tout ce qu'il y a dans l'homme n'apparaît pas

1. *Hadîth* prophétique.

dans l'ombre. Donc, tous les attributs de Dieu n'apparaissent pas en nous, qui sommes des ombres.

Dieu le Très-Haut a dit : « Il ne vous a été donné de la science qu'un peu[1]. »

Ibid., 292-293.

1. Coran, XVII, 85 (in *Le Noble Coran*, *op. cit.*).

Bibliographie succincte

Œuvres de Rûmî traduites en français

Le Livre du dedans, traduction d'Éva de Vitray-Meyerovitch, Paris, Sindbad, 1982.

Ruba'iat, traduction d'Éva de Vitray-Meyerovitch et Djamchid Mortazavi, Paris, Albin Michel, 1987.

Mathnawî, la quête de l'absolu, traduction d'Éva de Vitray-Meyerovitch et Djamchid Mortazavi, Paris, Éditions du Rocher, 1990.

Le Livre de Chams de Tabriz, cent poèmes par Mowlânâ Djalâl od-dîn Mohammad Balkhî (Roumi), traduction de Mahim Tajadod, Nahal Tajadod et Jean-Claude Carrière, Paris, Gallimard, 1993.

Soleil du réel, poèmes d'amour mystique, traduction de Christian Jambet, Paris, Imprimerie Nationale, 1999.

Odes mystiques, Dîvân-e Shams-e Tabrîzî, traduction d'Éva de Vitray-Meyerovitch et de Mohammad Mokri, Paris, Seuil, « Points Sagesses n° 180 », 2003.

Études sur l'œuvre de Rûmî

Alberto Fabio Ambrosio, Ève Feuillebois et Thierry Zarcone, *Les Derviches tourneurs*, Paris, Cerf, 2006.

Leili Anvar-Chenderoff, *Rûmî*, Paris, Entrelacs, 2004.

Éva de Vitray-Meyerovitch, *Thèmes mystiques dans l'œuvre de Djalâl ud-dîn Rûmî*, thèse principale pour le doctorat ès lettres, université de Paris, 1968.

Éva de Vitray-Meyerovitch, *Rûmî et le Soufisme*, Paris, Seuil, 1977 et Seuil, « Points Sagesses n° 202 », 2005.

Table

RÉALISATION : PAO ÉDITIONS DU SEUIL
NORMANDIE ROTO IMPRESSION S.A.S. À LONRAI
DÉPÔT LÉGAL : FÉVRIER 2011. N° 100085-11 (1804914)
IMPRIMÉ EN FRANCE